中华典籍故事丛书

历史中的孝道故事

LISHI ZHONG DE XIAODAO GUSHI

——《孝诗》三百首选读

XIAOSHI SANBAISHOU XUANDU

刘洋 选编

语文出版社 ·北京·

图书在版编目（CIP）数据

历史中的孝道故事 ：《孝诗》三百首选读 / 刘洋选编. -- 北京 : 语文出版社, 2020.9
ISBN 978-7-5187-1100-0

Ⅰ. ①历… Ⅱ. ①刘… Ⅲ. ①古典诗歌—诗集—中国 Ⅳ. ①I222

中国版本图书馆CIP数据核字(2020)第128233号

责任编辑 康 宁
装帧设计 徐晓森
出　　版 语文出版社
地　　址 北京市东城区朝阳门内南小街51号　100010
电子信箱 ywcbsywp@163.com
排　　版 河北新华第一印刷有限责任公司
印刷装订 北京市科星印刷有限责任公司
发　　行 语文出版社　新华书店经销
规　　格 890mm×1240mm
开　　本 A5
印　　张 7
字　　数 169千字
版　　次 2020年9月第1版
印　　次 2020年9月第1次印刷
印　　数 1～1,000
定　　价 28.00元

010-65253954(咨询) 010-65251033(购书) 010-65250075(印装质量)

目录

序（1）
自序（5）
原序（7）

第一　尧（1）
第二　舜（3）
第三　禹（5）
第四　汤（7）
第五　文王（9）
第六　武王（11）
第七　孔子（13）
第八　颜子（15）
第九　孟子（17）
第十　契（19）
第十一　孝己（21）
第十二　微子（24）
第十三　康叔（26）
第十四　君陈（28）
第十五　伯奇（30）
第十六　晋文侯（32）
第十七　齐孝公（34）
第十八　申生（36）
第十九　北山大夫（39）
第二十　《蓼莪》孝子（41）
第二十一　老莱子（43）
第二十二　曾子（45）
第二十三　子路（47）
第二十四　子游（49）
第二十五　子夏（51）
第二十六　孟懿子（53）
第二十七　孟武伯（55）
第二十八　颍考叔与茅焦（57）
第二十九　魏孝子（60）
第三十　灵辄（62）
第三十一　叶公诸梁（64）
第三十二　伍尚（66）
第三十三　丁兰（69）
第三十四　田叔（71）
第三十五　石建（73）
第三十六　司马迁（75）

第三十七 霍去病（78）
第三十八 贡禹（80）
第三十九 王式（82）
第四十 扬子（84）
第四十一 邓禹（86）
第四十二 孔奋（88）
第四十三 古初（90）
第四十四 江革（92）
第四十五 蔡顺（94）
第四十六 廉范（96）
第四十七 黄香（98）
第四十八 薛包（100）
第四十九 郭林宗（102）
第五十 蔡邕（105）
第五十一 陈元方（107）
第五十二 张霸（109）
第五十三 窦章（111）
第五十四 苏不韦（113）
第五十五 茅容（116）
第五十六 范滂（118）
第五十七 仇览（120）
第五十八 赵咨（123）
第五十九 陆绩（125）
第六十 王裒（127）
第六十一 桓冲（129）
第六十二 王延（131）
第六十三 许孜（133）
第六十四 卞壸子（135）
第六十五 皇甫谧（137）
第六十六 郭原平（139）
第六十七 二王（141）
第六十八 乐颐之（143）
第六十九 何子平（145）
第七十 解叔谦（147）
第七十一 王秀之（149）
第七十二 谢 （151）
第七十三 谢朏（153）
第七十四 古成诜（155）
第七十五 华宝（157）
第七十六 宗元卿（159）
第七十七 刘苞（160）
第七十八 庾道愍（162）
第七十九 徐孝克（164）
第八十 雷绍（166）
第八十一 赵琰（168）
第八十二 房景伯（170）

第八十三　崔道固（172）
第八十四　陈叔达（174）
第八十五　狄仁杰（176）
第八十六　颜真卿（178）
第八十七　元德秀（180）
第八十八　张志宽（182）
第八十九　赵隐（184）
第九十　路随（186）
第九十一　许孝谨（188）
第九十二　柳玭（189）
第九十三　韦温（191）
第九十四　林攒（193）
第九十五　缇萦（195）
第九十六　宛陵女子（197）
第九十七　木兰（199）
第九十八　郑义宗妻（201）
第九十九　李孝女（203）
第一百　休屠王子金日磾（204）

序

刘洋博士编写的《历史中的孝道故事》一书即将面世，在正式出版之前我有机会通读全书原稿，引发一些思索和联想，姑且把我先睹为快的感言，作为这部书的一个小序。

讲好中国故事，是宣传舆论界在当下和今后相当长时期内一个重要的课题。所谓讲好中国故事，既包括讲好当下的中国故事，也包括讲好历史上的中国故事，而历史上的中国故事，又和中国古代传统文化存在极深的渊源关系。刘洋博士这部书所讲述的内容，是体现中国古代优秀传统文化精神的孝道故事，是在讲好中国故事方面的有益尝试。

讲好中国故事，首先要讲述中国的好故事。取材对象如何，很大程度上决定故事讲述的成败。刘洋博士的这部书取材于南宋林同所作的《孝诗》，原作共计三百首。但是，刘洋博士并不是对三百首诗所涉及的故事逐一加以讲述，而是只选取其中的三分之一，讲述一百个故事。从该书的自序可以看出，刘洋博士对取材对象的选择有着明确的标准，秉持的是取其精华、去其糟粕的理念。该书所讲述的故事确实能够反映中国古代传统文化的精华，从中能够看到中华民族在上古时期就已经形成的孝道具有多方面的宝贵价值。通过阅读这些故事，可以从本质上理解中国古代孝道所渗透的人文精神、终极关怀、家国情结，以及对生命价值的体认。从尽孝的具体践行方式而论，古代的许多做法在当代已经无法复制，也无须复制，但是仍具有启示意义。从总体上看，这部书的选材是得当的，一方面注意到了古代孝道的诸多侧面，同时又淘汰了那些不合时宜的内容，所讲述的确实是践行孝道的好故事，弘扬的是中国古代优秀传统文化。

讲好中国故事，讲好中国古代优秀传统文化故事，不但在选材方面要有恰当的取舍，而且还要有好的讲述方式。所谓好的讲述方式，就是所做的讲述具有历史真实性，同时又能采用人们喜闻乐见的方式，雅俗共赏，为广大受众所欢迎。林同的《孝诗》及诗序，所用语言极其简略，基本是平铺直叙，而且偏重于说理。能够把这类诗以讲故事的方式加以传播，不是轻而易举之事。刘洋博士在这方面所做的尝试是成功的，提供了一些可以借鉴的经验。

一是变枯燥为生动。林同的《孝诗》基本是简略地复述历史事实或传说，每首诗只有短短二十个字，属于压缩性的故事梗概，显得枯燥呆板，近乎千篇一律。而刘洋博士对孝子故事所做的讲述，则是在充分占有材料的基础上娓娓道来，把故事的来龙去脉交代得一清二楚，并且不时出现扣人心弦的情节，许多场面令人为之动容。通过这种方式的讲述，使其中出现的孝子形象有血有肉，栩栩如生，给人以鲜活感。

二是变宣教为启发。林同的《孝诗》是为了实施教化而作，属于黑格尔在《美学》一书中所说的宣教诗。林同创作这类诗的目的在于诱导读者效仿孝子，做践履孝道的楷模。显然，对孝道的这种宣教方式在当下已经不合时宜，很难行得通。针对这种情况，刘洋博士往往在讲述孝子故事的过程中，以点拨的方式对读者进行启发，对一系列问题进行深入的思索。有些问题虽然没有给出明确的结论，但是仍然富有启示性，发人深思，令人警觉。显然，这种处理方式更容易得到受众的认同，收到事半功倍的效果。

三是变隔膜为贯通。林同《孝诗》所涉及的人物，始自上古传说时代，终止于唐末，最后时段距今已经千年以上。这些孝子对当代人而言确实有隔世之感，而且相隔很远，已经变得很陌生，甚至连他们尽孝的方式，当下许多人也都难以理解。刘洋博士讲述孝子故事变隔膜为贯通，所采用的方法就是变陌生为熟悉，把孝子故事用当下人们熟悉的语言讲述出来。他在对古代相关文献进行处理的过程中，把文言转换成现代汉语，并且进行适当的润色，从而给人以亲切感。除了超越语言障碍，这部书还能选择一系列问题作为切入点，把古代和今天加以贯通，如婆媳关系、前妻之子与继母的关系、官宦之族的家风等。这些问题针对性强，而且是古代和当下都存在的。历史确实可以作为一面镜子，用以鉴照现实，从中汲取有益的经验和教训。

刘洋博士能够在以上诸方面取得成功，得益于他与时俱进的思想理念。他所讲述的是古代孝子故事，而所秉持的则是现代的民主、科学的理念及社会主义核心价值观，能够站在二十一世纪的高度去审视千年之前的历史人物。由此而来，对古代孝子所做的评价也就具有现代意义。他没有片面地激赏或贬抑这些孝子，而是从他们的故事中提炼出当代社会依然需要的宝贵因素，由古代孝子的万里寻母，联想到今天航空、高铁时代的“常回家看看”；由古代物质匮乏、缺衣少食情况下的孝行，联想到当下的养老模式。讲述古代孝子故事而不流于陈腐，联系当下社会而不失于生硬，是这部书的一个显著特点。

这部书所选《孝诗》一百首，所涉孝子跨越漫长的历史时段，而且来自社会多个阶层。虽然《孝诗》及序的文字数量不是很大，但是其中出现的名物典故及疑难词语却是连绵不断，进行注释有较大的难度。在当今网络发达的时代，查阅各种字书似乎不过是举手之劳，然而，要对《孝诗》做出确切的注释并非轻而易举之事，不是单靠网络检索就可以完成，因为网络所提供的学术信息往往出现谬误和偏差。通读《历史中的孝道故事》可以看到，书中的注释是确切的，没有出现知识方面的硬伤，从而使得这部书具有很高的历史真实性、知识可靠性，不会对读者产生误导。这得益于该书作者良好的学术素养和严谨扎实的学风。

《历史中的孝道故事》是一部雅俗共赏的读物，这类书籍的编写与象牙塔里撰写学术论文有明显的差异，但同样是一种很精致的精神生产。所推出的产品必精雕细刻，反复打磨，才有可能得到社会的认可。在心急气躁、学风浮泛的今天，已经很少有人愿意从事这方面的工作。这部书的编写是刘洋博士本人主动选择、独立完成的，这种选择值得称道。他在编写过程中认真投入、一丝不苟，这在当下难能可贵，而对刘洋博士而言，这又是进行学术训练的极好机会。作为一名从事中国古代文学的教学和研究人员，如果未能认真地注释一两部古籍，不可能具备真正的学术本领。刘洋博士通过编写这部书，已经把自身的精神生产力转化为社会所需要的精神产品，期待更多学业有成的学人投身于这方面的工作，推出更多雅俗共赏的精美读物。

刘洋博士在中国人民大学攻读研究生期间，我有幸成为他的指导教师，共同度过三年难忘的岁月。近些年来，我们在学术上时有交流切磋，保持良好的互动关系。我希望这种学术互动能够持续下去，并期待刘洋博士继续发扬自强不息的精神，最终拥有一个属于自己的学术天地。

李炳海

2019 年 9 月 5 日 于扬州寓所

自序

2016年春节过后，我从河南老家返回北京。此时距离上班还有些时日，一时闲暇，便在电脑上翻检所藏电子书以自娱。无意间，在《四库全书》里发现了《孝诗》一卷。诗集题作“宋林同著”，又参看《四库提要》及诗集原序，了解到这是一卷成书于南宋时期的以孝道为主题、以宣扬古代孝子事迹为主要内容的诗集。略略翻看了一遍，觉得很有意思。上网搜索后，发现目前没有注释点校之类的单行本出版。于是，我便动了给它做注解的心思。

中国人自古以来重视孝道，古人充分意识到了孝道不仅是人伦之首善，而且在修齐治平、移风易俗等方面也具有重要作用。遍览坟籍，以孝名篇者亦属众多，如大多史籍中都有《孝义传》《孝友传》等孝子传记，自汉代以降，又有民间士人编撰多部《孝史》《孝诗》《孝子传》等。可惜除正史传记以及少量其他典籍之外，其余大都湮没不可复见。《孝诗》之所以没有散佚，得益于《四库全书》的编撰，历八百余年，留存至今，实属不易。

《孝诗》原文共三百首，每首诗以孝子人名为题，中间加小序一段，最下面附五言绝句一首，如同《诗经》体例。篇幅不大，共一万两千余字。时间跨度从上古以至唐末，凡三千年之久。所选人物皆有所本，或出自史籍记载，或出自民间传说，都是一些家喻户晓的圣贤名哲、忠臣孝子，但里面有些内容并不适用于现代社会：有的文义偏离，与孝道并无直接联系；有的思想陈腐，属于封建糟粕；另有一些内容过于沉重，令人不忍卒读。所以，本着弘扬中华优秀传统文化，体现社会主义核心价值观的初衷，我谨选取《孝诗》三百首中的一百首，加以点断、注释、解读，使这部古代劝孝诗能够以通俗易懂的面目呈现在现代读者的面前。

《孝诗》的作者林同，是一位饱学之士，耕读一生，从未做官。他与当时的南宋名士如刘克庄、林希逸等人多有往来，亦为一代才俊。《孝诗》大抵仍依宋人“以文为诗”“以议论为诗”的风格，创作依于经典，偏于说理，但其中亦有不少打动人心的抒情作品。如《廉范》“亲丧徒步负，万里历岷峨。何事今人说，惟知襦袴歌”。《华宝》“忆父去时语，迩来七十秋。终焉不忍冠，洒泪望秦州”。《陈叔达》“卿乃有母遗，谁知此语悲”等，语言质朴，情感真挚，感人肺腑。

孝是温馨的，也是厚重的，在社会高速发展、时代浪潮冲击的当下，重新细读国学经典，审视历史，观照本心，对传统孝道进行深入的体认和客观的评价，尤为重要。囿于本人才识学力，这本小书不足之处在所难免，敬请广大读者朋友批评指正。

丁酉甲辰己巳于京城朝阳甘露园家中

原序

寒斋[1]力辞聘召[2]，死于隐约[3]。子同、合[4]以表其阡陌[5]、旌其闾[6]，为未足[7]也，行[8]其书焉，嗣[9]其学焉。同又摭载籍以来[10]孝于父母者事为一诗，诗具一意[11]，各二韵[12]二十字，积至三百首。起邃古[13]迄叔季[14]兼取，明天理[15]未尝泯[16]也；自圣贤至异域、异类并录，见天性未尝异也。事陈而意新[17]，辞约而意溥[18]，贤[19]于烟云月露[20]之作远矣。

【注释】

1. 寒斋：林同的父亲林公遇的书房名，此指林公遇。 2. 聘召：朝廷对士人的征召。 3.隐约：隐居。 4.子同、合：林公遇的两个儿子林同、林合。 5. 表其阡陌：表，树立牌坊或悬挂匾额，以示表彰，与下文的“旌”字同义。阡陌，田野。 6. 闾：泛指居住的地方。 7. 未足：指不足以彰显父亲的德行。 8. 行：印刷出版。 9. 嗣：传承。 10. 载籍以来：即“有史以来”。 11. 诗具一意：具，通“俱”。一意，即孝道。 12. 二韵：每首诗为五言绝句，两句一韵，共二韵。 13. 邃古：上古。 14. 叔季：这里指唐朝末年。 15. 天理：指孝道。 16. 泯：泯灭。 17. 事陈而意新：虽是陈年旧事，但意义历久弥新。 18. 辞约而意溥：文辞虽简约，意义却广远。 19. 贤：比……好。 20. 烟云月露：指那些描写自然风光、男女情爱的诗词。

【大意】

林同的父亲寒斋公，力拒朝廷的征召，最后老死于林泉之下。他的两个儿子林同、林合认为仅靠朝廷的表彰，不足以彰显父亲的德行，于是将寒斋公的文集整理出版，想把父亲的学问传承下去。林同又在史籍中选取了古今孝子的事迹写成诗篇，每首诗都是五言四句，分为二韵，具有共同的主题，共三百首。从时间跨度来看，起于上古时期，止于唐朝末年；从选取人物来看，既有儒家贤哲，又有番邦外族，时间跨度长，所涉人物众多，以说明天理尚未泯灭，人性没有什么不同。诗篇内容虽然都是陈年旧事，读来却历久弥新；文辞虽然简约朴实，但意义却非常深广，比那些描写风花雪月的诗词歌赋高明多了。

始寒斋之事宝章[21]也，视调膳裼袭之节[22]以康其体[23]，躬场圃井臼之劳[24]以裕其力[25]。人知宝章之勇退，而不知其退之有以自乐也。同、合之事寒斋也，亦然。昔曾元养参[26]矣，不如参之养皙[27]；石奋诸子[28]，恬侯[29]稍不逮[30]建，至孙而孝谨遂衰。今石塘之林[31]，奕世[32]家法嗣守[33]不坠[34]，有古人所难能者。惜其弟兄俱未脱白[35]，修于家、浮沉于闾里而已。

【注释】

21. 宝章：指林同的祖父林瑑。 22. 视调膳裼袭之节：指负责父亲的饮食起居。调膳，烹调膳食。裼袭，古代官员的礼服制度，这里泛指穿衣。 23. 康其体：使（父亲的）身体健康。 24. 躬场圃井臼之劳：指亲自参与劳动。场圃井臼，指农事。 25. 裕其力：使父亲免于劳作。其，指林瑑。 26. 曾元养参：曾元，曾参的儿子。参，曾参，即曾子。 27. 皙：曾皙，曾子的父亲。

28. 石奋诸子：石奋，汉代名臣。诸子，指石奋的四个儿子：石建、石甲、石乙、石庆。 29. 恬侯：石奋最小的儿子石庆，封爵恬侯。 30. 不逮：不及。 31. 石塘之林：石塘林氏，是当地的大族。 32. 奕世：累世。 33 嗣守：传承保留。 34. 不坠：没有丢弃。 35. 脱白：指脱去白衣，进入仕途。

【大意】

寒斋公对父亲宝章公非常孝顺，亲自负责饮食起居，并承担农事劳动，宝章公从来不用劳心劳力，因此身体康健，身心愉悦。人们都知道宝章公急流勇退，却想不到宝章公的自得其乐啊！林同、林合两兄弟侍奉寒斋公也是如此。想当初，曾元侍奉父亲曾子，就不如曾子侍奉父亲曾皙；汉代名臣石奋的几个儿子里，小儿子石庆侍奉父亲就不如大儿子石建周到，至于他的后世子孙，在奉行孝道方面就更不如前辈了。现在的石塘林氏，世世代代恪守家法，德行不减，孝道不衰，这些是古人都不能做到的。可惜林氏兄弟都没有出仕做官，只是在家中修身养性，在里巷终其一生。

余尝恨[36]世儒率华过其实[37]，惟同华实相副，其操行盖汉孝廉[38]之盛举也，词艺亦唐进士之高选[39]也。顷[40]，艮斋谢公[41]尝汇[42]《孝史》五十卷，上之阜陵[43]。同此诗他日必与谢公之史并行。

淳祐庚戌白露节前，史官[44]刘克庄序。

【注释】

36. 恨：遗憾。 37. 华过其实：外表大过于内在。 38. 孝廉：汉代察举考试的科目之一，以此任用官员。“孝廉”就是“孝顺亲长、廉能正直”的意思。 39. 唐进士之高选：

指唐代科举考试科目中“进士”科的佼佼者。高选，出类拔萃之人。　40. 顷：不久前。　41. 艮斋谢公：谢谔，南宋官员、学者。　42. 汇：编纂。　43. 上之阜陵：上，进献。阜陵，南宋孝宗皇帝赵昚的陵墓，这里代指宋孝宗。　44. 史官：刘克庄曾任国史院编修，故自称史官。

【大意】

当下的读书人大都金玉其外，空有其表，我曾对此深表遗憾，而林同则表里如一，他的品行就如同汉代的孝廉一样优秀，其诗词才华也比得上唐代进士中的佼佼者了。前不久，艮斋先生谢谔编纂了一部《孝史》，共五十卷，已经进献给孝宗皇帝。假以时日，林同的这部《孝诗》一定会与谢公的《孝史》一样并行于世的。

淳祐庚戌白露节前，史官刘克庄作序。

第一　尧[1]

序：道[2]之大，原出于天[3]，尧以是道传之舜[4]。尧舜之道，孝悌而已矣。[5]

诗：道原[6]自天出，尧以是[7]相传，曰孝悌而已，人人具此天。

【注释】

1. 尧：传说中的上古帝王，号陶唐氏。　2. 道：中国古代哲学概念。　3. 天：人们想象中万物的主宰。　4. 舜：传说中的上古帝王。　5. 这句话出自《孟子·告子下》，指尧舜之道就是孝敬父母，敬爱兄长。　6. 原：同“源”，根源。　7. 是：指代“道”。

【解读】

这首诗赞美了中国古代的两位贤明帝王尧和舜，认为他们是行孝的典范，说明了孝悌是人之天性的道理。详见《尚书·尧典》《史记·五帝本纪》。

尧，又称唐尧、帝尧、大尧，是中国历史上的贤明君主，也是传颂千古的“圣王”。传说中的“三代”曾是儒家理想中的盛世之一，尧就是“三代”文明的开创者和奠基者，是在中国历史上享有极高政治地位和道德声誉的帝王。

“天道”是古人对自然社会运行规律的朴素认识。在科学技术极不发达的蒙昧时代，人们对日升月落、斗转星移、生老病死等自然和人事的变化感到非常迷惑、无法解释，对高高在上的宇宙和浩瀚无垠的星空感到神秘和畏惧，因此将天视为宇宙万物的主宰，认为世间的一切来自于上天，孝道也是如此。

《孝经》有言：“夫孝，德之本也。”儒家思想认为，孝是所有道德的根本。子女对父母的孝，如同父母对子女的爱一样，都是与生俱来的天性。父母对子女的爱与子女对父母的依赖，是世界上最为纯真的感情。母亲十月怀胎，生下儿女，又历经十余载将其抚养成人，其中的辛酸劳苦，唯有为人父母者能够体会。所以儿女们长大成人后，赡养年迈的父母，也是无可推脱的责任。

为什么说尧舜之道以孝悌为本呢？孝，是孝敬父母；悌，是敬重兄长。孝敬父母，敬重兄长，家庭就会和睦。中国人常讲家和万事兴。如果每一个家庭都能如此和睦，那么大到整个社会，又怎会不和谐呢？

儒家的修行，贵在不好高骛远，而是从自身做起，从家庭做起，由内而外，由近及远，由亲至疏，将德行教化与日常生活的一言一行结合起来，以潜移默化的方式，来改变周围的世界。

因此，孝道之于中国人，既是一种道德，也是一种智慧。

第二　舜

序：大孝终身慕[1]父母，予于大舜见之矣[2]。

诗：孩提知所爱[3]，妻子具而衰[4]。大孝终身慕，予于舜见之。

【注释】

1. 慕：指对父母的依恋。　2. 这句话出自《孟子·万章上》，指孟子在舜身上见到大孝。　3. 这句话出自《孟子·尽心上》，指尚在襁褓中的婴幼儿，也知道亲近自己的父母。　4. 这句话出自《荀子·性恶》，指一旦有了妻子儿女，对父母的孝敬就不如从前了。

【解读】

这首诗讲的是“五帝”之一的舜的孝行和孝德，其典故出自《孟子》一书。

舜，又称虞舜、大舜，是传说中上古时期的帝王。虞舜行孝，是中国古代最为经典的孝道故事。据说，舜早年生活在一个不幸的家庭中。母亲早逝，父亲瞽瞍娶了一位后母。这位后母又生下了一个儿子，取名为象。后母溺爱幼子，对舜态度冷淡，视其为眼中钉、肉中刺，常欲除之而后快，于是经常私下里对瞽瞍说舜的坏话，离间他们父子的感情。瞽瞍是一个糊涂昏聩的人，轻易地听信了妻子的花言巧语，渐渐对自己的亲生儿子感到厌恶。舜生性善良，依然每天孝敬瞽瞍及后母，没有丝毫懈怠。

一天，瞽瞍和后母让舜去修缮粮仓，趁舜正在仓顶劳作时，偷偷将粮仓的梯子抽走，并在下面放火。舜发觉粮仓着火，想赶紧下去取水灭火，不料发现梯子不见了，情急之下，他用两只斗笠作翅膀，从屋顶上跳下来，逃过一劫。后母一计不成，又生一计。她唆使瞽瞍让舜去淘井，等舜下到井底，便让瞽瞍运土填井，意欲将舜闷杀。关键时刻，舜急中生智，从暗道里逃了出去。

虽然瞽瞍、后母和象对舜百般陷害，但舜依然对他们礼敬有加，不曾怠慢。尧听说了舜的事迹后，对他的宽广心胸及孝行十分赞赏，于是提拔他担任了重要的职务。尧年老后，便将帝位禅让给了舜。

面对昏聩的父亲、恶毒的后母和心怀不轨的异母弟弟，舜选择了包容和原谅。这种心胸和气度远非常人所能及，故而尧把帝位传给了舜，舜也因此赢得了人们世世代代的尊重和敬仰。

虞舜行孝的故事的典型意义在于，它首次将视角对准了处于家庭生活中的个体。俗话说“将相神仙，也需凡人做”，这句话放在舜的身上再合适不过了。舜是圣王，是传说中的超凡入圣的大人物，但在上面的故事中，圣人摆脱了刻板的教化面容，还原成了一个有血有肉的人之子、人之兄。他隐忍、坚韧、豁达、机智，虽然内心也有过痛苦、委屈与迷茫，但依然坚守信仰。《孟子》中记载“舜往于田，号泣于旻天”。舜曾独自在田野里仰天大呼，号哭不已。他因为得不到父母兄弟的爱而感到痛苦。对于舜来说，孝已成为一种信仰，值得一生坚守。最终，他的坚守得到了回报。

第三　禹[1]

序：禹伤先人[2]之功不成，劳身焦思[3]，八年于外[4]。启呱呱而泣，予弗子[5]，惟荒度土功[6]。

诗：伤心九载绩[7]，焦思八年中。启亦呱呱泣，惟思度土功。

【注释】

1. 禹：古代部落联盟领袖，传说曾治服洪水。　2. 先人：指禹的父亲鲧，因治水失败被杀。　3. 劳身焦思：形容大禹为治理水患忧心苦思。　4. 八年于外：大禹在外治水历经十三年，这里的"八年"为约数。　5. 予弗子：大禹一心扑在治水事业上，顾不上儿子。予，指大禹。弗，没有。子，通"字"，养育。　6. 荒度土功：大力治理水土之事。　7.九载绩：指禹的父亲鲧治理水患九年不成之事。

【解读】

这首诗以著名的"大禹治水"的历史故事为素材，赞扬了禹为弥补父亲伯鲧治水失败而做出的努力。

尧帝在位之时，黄河流域水患频仍，严重影响了农业生产。尧帝召集各部族的首领，共同商议治水之事。首领们向尧帝推荐了鲧担任治水的负责人。当时尧帝并不看好鲧，认为他刚愎自用，不能接受众人的意见。大家建议可以先行试用。面对日益严重的水患，尧帝只好勉强同意了大家的建议。

结果证明，鲧并不是治水的最佳人选。他用了九年时间，采用修堤筑坝“堵”的方法，试图将洪水拦截住，耗费人力、物力和财力无数，洪水依旧滔天，百姓苦不堪言。尧帝大怒，令舜治鲧之罪。舜考察了鲧治水的情况，认为鲧的治理的确没有收到成效，遂在羽山将鲧处死（一说流放）。

舜即位后，任用鲧的儿子禹继续治水。禹吸取了父亲的教训，反其道而行之，改“堵”为“疏”，开山凿河，疏通水道，将洪水疏导流入东方的大海。历时十三年，终于平息了水患。

大禹为人诚实勤勉，忠于职守，始终奋战在治水的最前线，“三过家门而不入”，就连儿子诞生，他也没有时间回家。大禹常年治水在外，生活条件极为艰苦，他跟普通民众一起，住着茅草屋，吃着粗粮，亲自参与劳作，两腿得了严重的风湿病，甚至连腿上的汗毛都磨光了。后来，舜年老时，禹又被推举为领袖。

如果舜的孝道是一种信仰般的坚忍，那么禹的孝道便是一种对责任的恪守。《史记》记载，大禹治水，过家门而不敢入。“不敢”二字，道尽了大禹路过家门时的渴望、克制、挣扎等复杂的心态。为什么不敢呢？他可能担心家庭的温情会动摇自己治水的意志，担心贪恋妻儿会耽误治水的进程……大禹最终没有停下脚步，而是匆匆离去。作为“罪臣”之子，大禹明白对自己以及家族最重要的是什么。赎罪，是大禹前半生的刻骨之痛。赎父之罪，也是赎己之罪。

在这场中华民族空前绝后的洪水灾难中，大禹佝偻着身躯，迈着“股无胈，胫不生毛”的双腿，用自己的前半生，赎清了父亲的罪过，也成全了自己的一生。

这就是大禹的孝道。

第四 汤[1]

序：葛伯[2]不祀[3]，汤使亳众[4]往为之耕，奉先思孝[5]。

诗：奉先思孝也，不祀岂其情[6]。以至使亳众，而甘为葛耕。

【注释】

1. 汤：成汤，商朝开国君主。 2. 葛伯：夏朝时葛国的国君，其领地位于今河南商丘。 3. 不祀：不祭祀祖先。 4. 亳众：亳（bó），汤所属领地，与葛伯领地相邻。众，民众。 5. 奉先思孝：侍奉祖先，心存孝敬。 6. 情：本心，指对父母祖先的孝思之心。

【解读】

这首诗讲的是商朝开国君主成汤敦促葛伯按时祭祀的故事。详见《孟子·滕文公下》。

有一天，万章去拜见老师孟子，请教问题。万章问道："老师，宋国是一个小国，现在要施行称王天下的政治措施，齐国和楚国都对此感到厌恶，要出兵讨伐宋国，该怎么办呢？"孟子笑了笑，对万章道："我给你讲个故事吧。在上古时期，成汤居住在亳地，与葛伯的领地相邻。葛伯做事放纵无道，甚至连祭祀祖先都不能按时执行。成汤就派人去质问他为什么不祭祀，葛伯答道'没有祭祀用的牛羊肉’。成汤就给他送去很多牛羊，让葛伯作为祭肉。葛伯把这些牛羊都吃掉了，却还是不祭祀。成汤又派人问他，葛伯回答道‘没有祭祀用的谷物’。成汤就派自己的民众到葛伯那里，帮助他耕种土地，还让老人和小孩给种地的人送饭，而葛伯呢，却率领他的亲信，跑到成汤百姓干活的地方，抢走他们的食物。有一个小孩子去送饭和肉，竟然被葛伯的人抢走食物后杀掉了。这就是《尚书》上记载的‘葛伯仇饷’。成汤因此大怒，于是发兵征伐葛伯。”

“成汤征伐四方无道的诸侯，就是从征伐葛伯开始的。他前后出师十一次，天下无敌。四方的百姓都很欢迎他，认为他是有道之师，是来帮助民众脱离苦海的。因此，据说成汤如果向东方征伐，西方的百姓就不乐意了；如果向南方出兵，北边的百姓就开始抱怨了。他们都说，为什么不先到我们这里来呢？百姓们盼望成汤，就如同大旱的时候盼望及时降下大雨一样。成汤为什么这么受欢迎呢？因为他施行的是王道，以救民众于水火为己任。像齐国、楚国虽然强大，但是不施行王道，又有什么用呢？”

《左传》里说“国之大事，在祀与戎”，意思是说祭祀和军事是古代国家生活中的头等大事。祭祀的目的在于缅怀祖先，以示不忘根本，以此团结宗族、凝聚人心。不按时祭祀，在古代是一项重罪，故而成汤发兵征讨葛伯。

今天的人或许很难理解成汤为什么会关心其他国家是否祭祀。因为成汤追求的是“王道”，这是圣人治理天下的方式。在儒家思想里，“王道”便是“仁政德治”，而“孝”是其根本。《论语》里说“孝悌也者，其为仁之本与”，正是对仁的解释。欲行王道，先施仁政；欲施仁政，首推孝道。葛伯不祀，违背了孝道，故而成汤要加以干预。在孟子的讲述中，成汤干预的方式很有儒家风范，先赠之以祭肉，再助之以人力，一而再，再而三，葛伯依然不思悔改，成汤忍无可忍，故而伐之。

第五　文王[1]

序：朝于王季[2]，日三[3]。鸡初鸣[4]，至寝门[5]外问安否何如[6]，日中至[7]，及暮又至[8]，亦如之。

诗：问安寝门外，旦旦俟[9]鸡鸣，以至日中昃[10]，居常尽此诚。

【注释】

1. 文王：指周文王姬昌，周朝奠基者。　2. 朝于王季：向王季问安。王季，周文王的父亲，名姬历。　3. 日三：一日早、中、晚三次。　4. 鸡初鸣：天刚亮。　5. 寝门：这里指王季居所之门。　6. 安否何如：指文王问候父亲身体是否安康。　7. 日中至：中午又到寝门问安。　8. 及暮又至：到了傍晚，又到寝门问安。　9. 俟（sì）：等待。　10. 昃（zè）：太阳偏西。

【解读】

这首诗讲的是周文王孝敬父亲王季的故事，本事出自《礼记·文王世子》。

周文王是古代著名的政治家，也是礼仪制度的奠基者，他在中国古代政治史、礼仪史上具有非常重要的地位。诗中所描写的事情发生在文王即位之前，当时他的身份是王季的继承人。文王在位时，周族尚未取得政权，只是隶属于商朝一个诸侯国。后来，他的儿子周武王姬发联合天下诸侯，推翻了商朝的统治，建立了西周政权。

从这首诗中，我们可以看到古代孝道礼仪方面的一些内容，首先是时间：鸡鸣、日中、暮；其次是地点：寝门。在行孝方面，古代帝王和普通百姓没有什么不同。如果有区别的话，也只是体现在形式上，比如普通百姓家中不可能有寝门，一般都是到父母卧房外问安。

君王和百姓的礼仪规格虽有不同，但孝敬父母之情却是一样的。人皆有父母，孝道的伟大之处在于，它能够将不同阶层、不同身份的人联系在一起。周文王躬行孝道，一日三问安，为天下百姓做了表率。这也是儒家政治的特征之一。孔子曾说过，远人不服，则修文德以来之。因为孝可以唤醒人心中最为淳朴的情感，又像一根纽带，维系了众人之心。

中国古人对于孝道，有一种宗教般的虔诚。除了强调内心的敬重之外，也在各种礼节仪式上格外讲究。相关的记载，尽在《礼记》《仪礼》之中。例如对健在的父母，一日三问安，对去世的祖先，早晚一炷香。这种简单的日常礼仪，经过日复一日、年复一年的躬行实践，就变成了一种自然而然的生活习惯，继而升华为一种深入灵魂的认同。

第六　武　王[1]

序：文王有疾，不说冠带[2]而养[3]，文王再饭亦再饭[4]。疾间[5]曰："女何梦[6]？""梦帝与九龄[7]。"

诗：经言[8]事父孝，所以事天明。疾间加再饭，梦中与九龄。

【注释】

1. 武王：指周武王姬发，周文王之子。　2. 不说冠带：指衣不解带。说，通"脱"。　3. 养：服侍，照顾。　4. 再饭：出自《礼记·文王世子》，大意是武王服侍父亲吃饭，体贴入微。
5. 疾间：生病期间。　6. 女何梦：指文王问武王做了什么梦。
7. 梦帝与九龄：梦见天帝赐予长寿。九龄，九十岁，引申为长寿。
8. 经言：经典所记载的。经，指《礼记》。

【解读】

本诗与上一首为姊妹篇。上一首写周文王孝敬父亲王季之事，这首诗写的是周武王孝敬父亲周文王的故事。本事出自《礼记·文王世子》。

周武王是历史上一位赫赫有名的帝王。他即位后，励精图治，率天下诸侯，推翻了商纣王的腐朽统治。武王不仅功业卓著，而且也是一位孝子。诗中描写的情景发生在武王身为世子期间，当时文王患病卧床，武王衣不解带，昼夜守在文王床前以尽孝道。

在武王侍奉文王的过程中，同样体现了孝道中礼节仪式的细节，如衣不解带、与父亲共同饮食等。此中的道理并不难理解：父亲卧病在床，儿子岂能高枕而卧？父母食不甘味，孩子岂能大快朵颐？就比如孔子曾问弟子宰我："父母去世后，你不愿守孝三年，你心安吗？"衣不解带、与父共食，为的是"心安"。这是一种家庭成员之间"共患难"的理性自觉。亲身感受到亲人的痛苦，才能做到真正的心心相通。

文中提到"天帝"赐给武王"九龄"，指武王为孝的事迹感动了上天，天帝赐给武王九十年的阳寿。《礼记·文王世子》记载，武王对文王描述了自己梦中的见闻，认为"九"代表的是当时尚未归附的九个部族。文王否定了这一猜测，认为"龄"是指"年龄"，"九龄"预示着武王获得了上天所赐的九十年阳寿。随后，文王又把自己百岁的阳寿减去三年，匀给武王。这样，武王活了九十三岁，文王活了九十七岁。

《礼记》中的这段记载当然属于杜撰。人的生老病死，是由个人的身体机能和外界自然环境等多种因素决定的，并非神灵所能决定。在生存条件恶劣、医疗技术落后的上古时期，人们的平均寿命很低。传说中的文王享寿一百，武王享寿九十，远超常人，实际蕴含着人们对贤明君主的美好祝福。在封建帝制时代，君主的贤明与否，直接决定了普通百姓的生活境况。所以，遇到一位贤明的君主，人们莫不愿他长生不老。周武王躬行孝道，为天下表率，赢得了民心和尊重，故而人们报以颂扬和祝福，愿他长命百岁。

第七　孔　子[1]

序：子曰，“所求乎子以事父，未能也。”[2]

诗：事亲良不易[3]，战战复兢兢[4]。学得如夫子，犹言丘未能。

【注释】

1. 孔子：名丘，字仲尼，春秋时期鲁国人，儒家学派创始人。
2. 这句话出自《中庸》，指孔子认为自己没有做到（子以事父）。
3. 良不易：确实不容易。　　4. 战战复兢兢：形容孝敬父母时的谨慎态度。

【解读】

这首诗写孔子自谦，认为自己未能做到孝敬父母，本事出自《中庸》。

《中庸》是儒家传世经典之一，与《大学》一样，都是《礼记》中的文章。南宋时，理学家朱熹将《中庸》和《大学》从《礼记》中独立出来，和《论语》《孟子》并称为“四书”。明清时期，“四书”和“五经”被官方定为科举考试的必考书目，其中的思想对中国传统文化影响巨大。

庸，通“镛”，指大钟，是古代的一种打击乐器。敲钟必须击打固定的地方，节奏必须符合乐调和旋律，不偏不倚。中庸之

“中”，有不高不下之意，意为只有敲击乐器的位置正确，敲击出的音乐才能中正平和、庄重典雅。“中”和“庸”的组合，在哲学上表示一种恰到好处、不偏不倚的状态。后来，儒家将这套音乐演奏的理论加以引申，认为治国理政和为人处世要和演奏音乐一样，必须不偏不倚、中正平和。

孔子，是中华文化史上的一位巨人。他家境贫寒，却敏而好学，不耻下问，靠勤奋好学成为一代宗师。《中庸》记载孔子的话说道：“君子之道有四条，我孔丘一条都未能达到。为人子应该孝敬父母，我没有做到；为人臣应该侍奉君主，我没有做到；为人弟应该敬重兄长，我没有做到；做朋友应该先为朋友着想，我没有做到。”他坚持“己欲立而立人，己欲达而达人”，故而对自己要求很高。

孔子说的这段话，并非全都是谦虚之词。比如，孔子幼年时，父亲就去世了，子欲养而亲不在，因此他成年后常感叹无法孝敬父亲，尽一份儿子的责任，所以说“所求乎子，以事父未能也”；孔子早年曾在鲁国为官，官至大司寇，后来由于小人排挤，所推行的政治改革也遭到打击而中断，孔子不得已离开了鲁国，随后周游列国十余年，宣扬自己的政治主张，但现实是残酷的，春秋时期，礼崩乐坏，各个诸侯国忙于争霸战争，根本没有人会真正践行孔子的主张，所以说“所求乎臣，以事君未能也”。

孔子是儒家思想的创始者，也是一位伟大的践行者。孔子生活的春秋时代，礼崩乐坏，战乱频仍。他终其一生追求仁政德治，试图挽大厦于将倾，恢复西周时期的礼乐文明。孔子对父子、君臣、兄弟、朋友等人伦关系的思考，是个人的实际遭遇与时代洪流相结合的产物，与其说“未能”是孔子的自谦之语，毋宁说是孔子对自己一生缺憾的喟叹。

第八　颜　子[1]

序：谓子路[2]曰："去国[3]则哭于墓[4]而后行，返其国不哭，展墓[5]而入。"

诗：返必展墓入，去当哭墓行。谁知颜氏子，事死乃如生[6]。

【注释】

1. 颜子：颜回，字子渊，春秋时期鲁国人，孔子的弟子。　2. 子路：仲由，字子路，春秋时期鲁国人，孔子的弟子。　3. 去国：离开国都。　4. 墓：先人的坟墓。　5. 展墓：察看坟墓。　6. 事死乃如生：对待死去的先人如同他们活着时一样恭敬。

【解读】

这首诗讲的是古人对待故去祖先的态度和礼仪，本事出自《礼记·檀弓下》。

子路要离开鲁国，就问颜回："临别之际，你有没有要赠送给我的话？"颜回答道："我听说，一个人如果要离开他的祖国，一定要到祖先的坟墓前哭奠一番，然后再上路；从外面回到祖国，则不用哭奠，只要严肃庄重地察看一番就可以了。"

颜回是孔子最欣赏的弟子，原因之一就是颜回不仅对各种礼仪制度非常熟悉，而且对礼制意义的领悟非常深刻。孔子所推崇的

“周礼”中，祭礼占有很重要的分量。如《论语》中就记载过孟懿子向孔子请教有关孝道的问题，孔子的回答就是“无违”，即“生，事之以礼；死，葬之以礼，祭之以礼”。儒家认为，按时祭祀自己的祖先，是对孝子最基本的要求。祭祀是子孙表达对先辈思念之情的一种传统形式，是恪尽孝道的表现。

孔子认为，祭祀时最重要的是心地虔诚，即“祭如在，祭神如神在”。孔子说：“吾不与祭，如不祭。”无论祭品如何丰厚，如果不能诚心诚意，那么祭祀也就失去了应有的意义，而沦为了矫揉造作的形式。所以孔子说：“礼云礼云，玉帛云乎哉？乐云乐云，钟鼓云乎哉？”祭祀要求的是一种心理情感的参与，所以重要的不在于仪文、形式，而在于亲身参与时获得的情感体验。

古代交通不发达，如果一个人离开父母之邦，就不能按时祭祀祖先了。所以，颜回告诉子路，离开之前一定要到祖先坟墓前哭奠一番，以告慰先人。回国时因为可以恢复正常祭祀了，所以不用哭奠，只需要庄重地察看一番就可以了。

中华民族是注重传承的民族。所谓传承，包含两方面的意义：一是传，指先辈们将文化、知识、技能、财富等留传给后人；二是承，指后人继承来自先辈们的宝贵财富，然后再将其传给自己的后辈。所以，祭祀祖先是表达我们对先辈们的怀念，表示不忘根本。

第九　孟　子[1]

序：幼被慈母三迁之教，长师孔子之孙子思[2]。

诗：如何年稍长，汲汲[3]子思师，知是为儿日，三迁感母慈。

【注释】

1. 孟子：名轲，字子舆，战国时期邹国人，儒家学派代表人，被后世尊为“亚圣”。　2. 子思：孔伋，字子思，孔鲤之子，孔子之孙。　3. 汲汲：形容急切的样子。

【解读】

这首诗讲的是孟轲孝母尊师的事情。孟轲幼年丧父，从小跟随母亲生活，母子感情很深。成年后，孟轲仰慕孔子的学问，跟随孔子之孙子思的门人学习，自称是孔子的“私淑弟子”。

“孟母三迁”的故事，出自西汉刘向所著《列女传》。据说孟轲小时候，最初住在一片墓地附近。每天，孟轲都会看到许多人到墓地来扫墓、哭奠，小孩子天性爱模仿，孟轲也和小伙伴一起，学着那些扫墓者的样子，披麻戴孝地在坟墓旁哭奠，并以此为乐。孟轲的母亲看到后，非常担忧，认为这样的环境不利于孩子的成长，就举家搬迁，但是孟母很快就发现，新迁的地方，附近有个菜市场，每天人流攒动，买卖吆喝之声不绝于耳。小孟轲贪玩的脾性不改，又整天和小伙伴们一起，装扮成小商贩的样子，一本正经地讨价还价，买卖东西，孟母又动了搬家的心思。于是，他们又搬到了一家屠宰场附近。这下，孟轲开始模仿屠夫杀猪宰羊了。孟母无奈，只得再次搬迁。这一次，孟家搬到了学宫旁边。学宫里每天进出的都是谈吐高雅、彬彬有礼的学者、士人。孟轲也有模有样地仿效学宫里士人的样子，学习揖让行礼，进退周旋。孟母看了，欣慰地说："这才是我的孩子应该居住的地方。"孟轲成年之后，深感当年母亲三迁的良苦用心。孟轲深知要想在学业上取得成就，除了良好的居住学习环境，还需要一位好的老师。所以，他又拜了孔子之孙子思的门人为老师，学习《诗》《书》《礼》《易》等儒家经典，最终成为一代儒学宗师。

荀子曾说："君子居必择乡，游必就士，所以防邪辟而近中正也。"生活环境对一个人的成长非常重要，这就是所谓的"蓬生麻中，不扶而直；白沙在涅，与之俱黑"的道理。人在什么样的环境中成长，就会被熏染成什么样。秦朝名臣李斯年轻时曾为小吏，看到厕所中的老鼠像狗一样啃食秽物，见到人后十分惊恐；而粮仓中的仓鼠吞食库存的粮食，身躯肥硕，见到人也毫不畏惧，丝毫没有厕中鼠的肮脏与狼狈。于是他感慨道："人是否贤良，就如同这老鼠一般，完全取决于所处的环境啊！"此后，李斯便辞官南下，拜荀子为师，学习帝王之术，最终辅佐秦始皇统一六国。

"近朱者赤，近墨者黑。"孟轲不仅领悟了母亲给他的教导，还积极地予以实践，这就是孟轲的孝。孔子说，一个人在他的父亲去世后三年，能够不改变父亲的准则，就可以算是孝子了，而孟轲却能终身谨记母亲对他的期许，最终成为一代儒学大师。

第十　契[1]

序：契为司徒[2]，教以人伦，父子有亲。

诗：天性生虽具[3]，人伦教可无[4]？往[5]哉亲父子，汝[6]契作司徒。

【注释】

1. 契：子姓，商朝的祖先。　2. 司徒：古代官名，三公之一，主管民事、祭祀等事务。　3. 天性生虽具：指父子之间的亲情虽然生来就有。　4. 教可无：这是反问句，难道就可以没有人伦教化吗？　5. 往：过往，指契做司徒的时代。　6. 汝：第二人称代词，你。这里指契。

【解读】

这首诗讲的是殷商始祖契在担任帝尧司徒期间，推行人伦教化、加强父子亲情的故事。

据《史记·殷本纪》所载，契的母亲名叫简狄，是有娀氏部族的女子。有一次，简狄与另外两名女伴外出沐浴，恰好一只燕子飞来落在水边空地上，过了一会儿就飞走了。简狄过去看时，发现地上有一枚鸟蛋。这时简狄刚洗完澡，肚子也有些饿了，就吃了这枚鸟蛋。回去后不久，简狄就莫名其妙地怀了孕。部族里的人都说这是上天赐子给简狄，简狄心中也很高兴。十个月后，简狄产下一个男孩，取名为契，后来成为殷商的始祖。这就是“玄鸟生商”神话传说的由来。“玄鸟”就是燕子。

契成年后，因为辅佐大禹治水有功，被舜帝封为司徒，负责民事及祭祀等事务。舜帝在任命契的仪式上，语重心长地嘱咐他：“现在各个部族之间互不亲近，义、慈、友、恭、孝这些美好的道德都没有得到推行。你现在担任司徒，要认真谨慎地推行这五种德行，教化民众。推行教化的关键在于宽以待人。”舜帝把契封在商，并赐予他“子”姓。

契“教以人伦”的意义非常重大，堪称中华文明史上第一次重大的伦理启蒙运动。所谓“人伦”，即社会生活中人与人之间的各种关系。在此之前的氏族社会，原始群婚制的影响尚存，父子、夫妇、兄弟等人伦关系尚未被社会普遍认可，家庭伦理的观念还没有形成。氏族社会内部以及部落联盟之间，尚没有稳定的血缘和情感纽带来维系彼此之间的关系。这一切，对于社会的稳定和国家政权的建立是极为不利的。因此，舜对契说的那一番语重心长的话语，其意义也就不言自明了。

契没有辜负舜帝的期望，上任之后，积极地推行人伦教化，宣扬父子兄弟相亲相爱的道理，维护了各部族之间的团结，为中华民族伦理文明的发展做出了重要贡献。

第十一　孝　己[1]

序：武丁[2]之子，庄子[3]云，人莫不欲其子之孝，孝己忧而曾参悲。

诗：子则欲其孝，人皆有是心。如何武丁圣，却使子忧深。

【注释】

1. 孝己：又名祖己，商王武丁的长子。　2. 武丁：商王朝第二十三位君主。　3. 庄子：名周，战国时期宋国人，道家学派代表人。

【解读】

这首诗讲的是武丁之子孝己孝敬父母的故事。

孝己，是商王武丁的长子，为人刚毅果断，有远见卓识，深得武丁及朝臣的认可。据《史记·殷本纪》记载：武丁按礼制祭祀成汤，突然不知从哪里飞来一只五彩大鸟，落在祭祀的大鼎上，鸣叫不已。武丁和其他祭祀者们都很紧张害怕，认为这是不祥之兆，唯有孝己镇定自若，面色从容地对武丁说道："父王不要紧张，这是上天降下的指示，是在告诫我们要勤于政事，施行德政。"武丁听了孝己的解释，心中才安定下来，按部就班地完成了这次祭祀。祭祀之后，武丁按照孝己的建议，励精图治，推行德政，使得商朝的国力大大增强，史称“武丁中兴”。

孝己不仅是一位杰出的政治家，而且对父母非常孝顺。武丁本来想把王位传给孝己，但孝己的母亲妣戊去世得早，继母妣辛想扶持自己的孩子继位，就想方设法排斥孝己。她屡屡在武丁面前进谗言，捏造事实，污蔑孝己图谋不轨。最后武丁听信了妣辛的话，就把孝己流放到了边地。孝己不得已离开了都城，在流放地忧愤而死。

与孝己的故事相类似的，还有曾参孝亲却挨打的故事。有一次，曾参在自己的园子里锄地，不小心把瓜菜的根锄断了。父亲曾皙大怒，抄起一根棒子就向曾参打去，一时下手过重，竟将曾参打昏了过去。曾皙也不管，把棒子一扔，径自回房去了。过了一会儿，曾参苏醒了，他顾不得疼痛，而是先来到父亲房外，轻声问道：“儿子刚才惹父亲生气，是儿子的不对，父亲刚才责打儿子，没有累着吧？”说完，曾参回到自己房中，拿起琴弹了起来，故意让父亲听见，知道自己的身体无恙，让他不用担心。

孔子听说了这件事，非常生气，就告诉门人：“曾参如果来了，就说我不见他！”曾参听说了，赶紧跑到老师家中请安，问：“不知道学生做错了什么事，让老师如此生气？”孔子教训他道：“你这个人啊，太迂腐了！当年舜侍奉父亲瞽瞍，凡是父亲吩咐的，没有不去做的，但是后来他父亲听了谗言，要加害于他，舜马上就想法子逃走了。如果用小木棒责罚，舜就默默承受；如果用大木棒责罚，舜就果断逃走。所以，瞽瞍没有犯下不慈的罪过，舜也没有落下不孝的骂名。现在，你虽然非常孝顺，即使父亲用大棒子打你也不躲避，但是万一你父亲失手把你打死了，他就犯下了不慈之罪，你这不是陷父亲于不义吗？”曾参听了，恍然大悟，连忙拜谢孔子教导之恩。

关于什么是孝，《荀子》里记载了这样一个故事。有一次，鲁哀公问孔子："为人子听从父亲的话，这就是孝吗？为人臣遵从君主的命令，这就是忠吗？"连续问了好几次，孔子都没有正面回答。后来，孔子向子贡提起了这件事，并征求他的意见。子贡答道："为人子听从父亲的话，这就是孝；为人臣遵从君主的命令，这就是忠。难道夫子还有别的答案吗？"孔子摇摇头，叹道："子贡，你这是小人之见啊！拥有一万辆兵车的大国，如果有四位敢于谏诤的臣子，国土就不会丧失；拥有一千辆兵车的国家，如果有三位敢于谏诤的臣子，国家就不至于灭亡；卿大夫家中，如果有两位敢于谏诤的家臣，宗庙就不会毁坏；父亲如果有敢于谏诤的儿子，就不会做出不合乎礼法的糊涂事；君子如果有敢于谏诤的朋友，就不会做出错误的举动。所以，谨慎地选择他应该听从和遵循的，才是孝啊！"所以，孝并不是一味地服从，而是有所鉴别，有所诤谏！

父慈子孝，是古代社会中的伦理道德要求，反映了中国的伦理智慧。但是在很多情况下，慈与孝，并不是完全对等的。如何处理与父母的情感矛盾，这是一件非常考验子女智慧的事情。从孔子的观点中，我们可以看出，他并不提倡不计后果的愚忠、愚孝。反对情感上的盲目信仰、盲目服从，这也是儒家思想的理性所在。

第十二　微　子[1]

序：《微子之命》[2]曰："尔惟恪慎克孝[3]。"微子去之[4]。子曰："殷有三仁[5]焉。"

诗：岂计身封宋，只愁祀绝殷[6]。不惟称克孝，亦自有三仁。

【注释】

1. 微子：子姓，名启，商纣王之兄，周武王灭商之后，被封在宋国。　2.《微子之命》：《尚书》中的一篇，是周成王颁给微子的命令。　3. 尔惟恪慎克孝：出自《微子之命》。指你要恭敬、谨慎，孝顺父母。克，能够。　4. 去之：去，离开。之，指纣王。　5. 殷有三仁：出自《论语·微子》。三仁，指商纣王时期的三位仁人：微子、箕子和比干。　6. 只愁祀绝殷：只担忧殷商部族的后嗣断绝。

【解读】

这首诗称赞了殷商后裔微子能够继承殷祀的孝行。

微子，商代最后一个帝王纣王的长兄。商纣王宠爱妲己，昏庸无道，搞得民怨沸腾，国家有将要灭亡的迹象。微子忧心如焚，屡次直言进谏，但纣王置若罔闻。微子知道纣王必定会亡国，于是心灰意冷，就离开了都城朝歌，到民间隐藏了起来。同时，纣王的叔父箕子也看到大势将去，就佯装疯癫，借以避祸。纣王的另一位叔叔比干，依然没有放弃对纣王的劝谏，结果被逼剖心而死。

纣王的暴虐和昏庸，最终带来了亡国之灾。周武王联合四方诸侯，在牧野誓师，发动了推翻商纣王残暴统治的正义战争。商王朝覆灭后，周武王本着“灭国不绝祀”的仁义原则，没有将殷商王族赶尽杀绝，而是让他们继续生活在商王朝的旧都朝歌，让纣王的儿子武庚奉祖先祭祀不至于断绝。武王为了防止他们日后叛乱，就在朝歌及其周边地区建立了三个诸侯国，即邶、鄘、卫三国，派自己的三个兄弟管叔鲜、蔡叔度和霍叔处担任国君，以监视武庚，称作“三监”。

微子听说了武王建立周朝的消息，就从隐居的地方出来，带着宗庙的祭器向武王谢罪，表示臣服。武王非常敬重微子的为人，就接受了微子的臣服，并让他官复原职。

武王去世后，周成王即位，因为成王年幼，朝政暂时由周公旦代为主持。成王的三个叔叔不满周公旦摄政，就联合纣王之子武庚，发动了叛乱，史称“三监之乱”。成王早就发现了他们叛乱的迹象，故率兵东征，迅速平定了这场叛乱。事后，周公旦让微子代替武庚主持殷商宗庙的祭祀，把他封在宋国，并作《微子之命》，以示勉励。

祭祀是孝道的重要内容。周武王推翻了商朝，却保留了殷商的宗庙，成王让微子启主持祭祀，都是为了保证殷商一族的血脉延续不至于断绝。实施“王道”，重要的内容之一就是不能断绝他人的孝道。

第十三　康　叔[1]

序：元恶大憝[2]，矧惟[3]不孝不友[4]。子弗祗服厥父事[5]，大伤厥考[6]心；乃其刑兹无赦[7]。

诗：勿云服父事，不敬亦无伤。元恶与大憝，邦刑自有常[8]。

【注释】

1. 康叔：姬姓，名封，周文王的第九子。　2. 元恶大憝（duì）：元恶，首恶。憝，奸恶。　3. 矧（shěn）惟：矧，亦、也。惟，语气词，表肯定。　4. 友：泛指友爱，特指兄弟之间的亲情。　5. 服厥父事：服，从事。厥，代词，你。父事，父亲的事务。　6. 考：死去的父亲。　7. 刑兹无赦：刑，惩罚。兹，那些违法犯罪之人。无赦，不要赦免（他们）。　8. 常：法律。

【解读】

这首诗记载的是周成王告诫康叔的一番话，详见《尚书·康诰》。

康叔，是周文王之子，周武王之弟。武王去世后，成王继位，发生了"三监之乱"。康叔参与了周公平定动乱的战争，立下大功。为了嘉奖康叔的忠义和功勋，成王将殷商故都朝歌赐予了他。康叔建立卫国，成为卫国的第一代国君。

朝歌是殷商旧都，虽然纣王之子武庚的势力已经被铲除，但民风民俗一时难以改变。周公担心康叔得封大国，时日一久，沾染上殷商贵族的糜烂风气，于是为他作了三篇文告，以示劝勉。康叔谨遵周公的嘱托，爱惜百姓，并主动探访殷商遗民中的贤者，向他们请教兴亡之道。在康叔的统治下，卫国国力逐渐强盛，并有效遏制了殷商遗民的复辟势力，对西周初期的经济恢复和政治稳定做出了重要贡献。

孔子说："三年无改于父之道，可谓孝矣。"这并不是要求子女们要盲从父辈的安排，而是强调要尊重先辈们留下的宝贵经验。在古老的农业社会，经验的遵从非常重要。孔子所说的"三年"乃是约数，并非确指。可以理解为三年，也可理解为多年。孔子是讲求尊奉"先王之道"的，虽然这一点常常为后世改革派和激进派所诟病，但在孔子生活的时代，却是无可指责的至理名言。

周公告诫康叔的"服厥父事"，也是"三年无改于父之道"的意思。周公是西周文明的开创者，是一位具有远见卓识的政治家，之所以告诫康叔"服厥父事"，因为在西周初期，天下初定，人心思安，这个时候最为重要的事情就是实现政权的平稳过渡，稳定是压倒一切的大事。因此，康叔"服厥父事"的孝道，也具有重大的现实意义。

第十四　君　陈[1]

序：惟尔令德[2]孝恭，惟孝友于兄弟，克施[3]有政，命汝尹兹东郊[4]，敬哉！

诗：为尔有令德，存心孝且恭。推之施有政，往矣尹兹东。

【注释】

1. 君陈：姬姓，周公旦之子，西周第二位周公。周公旦去世后，受命辅佐周天子。　2. 令德：美德。令，美好。　3. 施（yì）：延伸，影响。　4. 尹兹东郊：指管理、主管成周洛邑。

【解读】

这首诗讲的是周公旦的儿子君陈受命辅佐周天子，周成王对他进行勉励的情景。本事出自《尚书·君陈》。

武王灭商后，因为原都城镐京（今陕西西安）偏处西方，很难对中原以及东部地区进行管理和控制，于是武王打算营建东都（今河南洛阳）。“三监之乱”后，周王朝加快了建设新都的进度，周公旦亲自主持营建事务。周公旦去世后，周成王又命君陈接替了周公旦的职务，负责东都洛邑的政务治理。在任命君陈的仪式上，周成王对君陈进行了一番劝诫，并对他寄予了很高的期望。他对君陈说：“君陈啊，你有谦恭孝顺的美德，你们兄弟之间也能够以孝友自律，又能把这种美德延伸到政务的治理上，难能可贵。今特命你主管东都洛邑的政务，一定要谨慎啊！”

在古代中国，“家国同构”的观念深入人心，直至今天也是如此。现代歌词里所唱的“家是最小国，国是千万家”，正是古老的观念在当下的反映。在中国古代社会，家与国根本上来说是一体的。君主是一国之君，同时也是一位大家长。这样一来，忠与孝则为一体。有子说过，做人懂得孝敬父母、敬重兄长，那么就很少会做出犯上作乱的事。“求忠臣必于孝子之门”，实际上反映的是家国之间的天然联系。

所以，孝在中国古代社会实际上是一种政治智慧。它把个体与群体、民众与君主、家庭与庙堂，用一条看不见的红线紧密地连接成一个命运共同体。正如《大学》中所说：“身修而后家齐，家齐而后国治，国治而后天下平。”又说：“自天子以至于庶人，壹是皆以修身为本。”所谓“修身”，即是从孝道开始。孝，是家庭伦理最基本的内容。

所以，尧对舜的考察，是看他能否处理好复杂的家庭关系。周公对君陈的赏识，也是着眼于他能谦恭孝顺，孝友自律。宗族内部团结和睦，才能形成强大的凝聚力和号召力。所谓“家和万事兴”，这也是中国人特有的家族理念。

第十五　伯　奇[1]

序：尹吉甫[2]子，《履霜操》[3]云："无衣兮儿寒，无食兮儿饥，儿罪兮当笞，逐儿兮奚[4]为？"

诗：无食又无衣，逐儿安所之[5]？不辞履霜苦，犹谓罪当笞。

【注释】

1. 伯奇：相传为西周名臣尹吉甫之子。　2. 尹吉甫：西周著名军事家、政治家。　3.《履霜操》：古乐府琴曲名。　4. 奚：什么，哪里。　5. 安所之：去往哪里？所之：所去的地方。

【解读】

这首诗讲的是西周孝子伯奇因得不到父母的谅解而悲伤不已的故事，详见唐代徐坚所编《初学记》。

伯奇，西周名臣尹吉甫之子。伯奇的生母去世后，后母对他十分苛刻，经常在尹吉甫面前说伯奇的坏话。尹吉甫起初有些怀疑，久而久之便相信了妻子的话，将伯奇逐出家门。伯奇悲苦无奈，独自一人在野外哭泣。没有衣服穿，他就摘下水里的荷叶制成衣服；没有东西吃，他就捞取水里的浮萍为食。冬天的早晨，寒气逼人，伯奇在野外蜷缩着身子，地上的白霜冰冷刺骨，把他的脚都冻伤了。他想起自己对父母如此孝敬，却落得这般下场，悲从中来，遂赋琴词一首："没有衣服啊，儿子身上冷；没有食物啊，儿子腹中饥饿。儿子有罪啊，父亲你当责打我；把我赶出家门啊，这到底是为什么？"这首琴词悲切，声韵哀婉，由挚情而发，很快便被人们所传唱，知晓的人越来越多，最后传到了尹吉甫那里。尹吉甫听后，幡然醒悟，于是派人把伯奇从野外接了回来，父子二人团聚如初。

在传统的家庭伦理关系中，继母与子女之间的关系备受关注。继母，是丈夫再娶的妻子，所以与丈夫原配所生的子女之间，缺少天然的血缘关系。继母如果再育有子女，那么其亲生骨肉与原配的子女，难免会产生争宠、争位、争财等矛盾。在这种较为尴尬的家庭氛围中，原配所生的子女往往处于弱势的一方。前面所提到的舜的遭遇便是很典型的例子。那么，如果父母不慈，子女还有没有孝顺父母的责任？这是考验传统伦理适用性的问题。

孔子曾说：侍奉父母，如果他们有不对的地方，可以婉转地劝止；看到自己的意见没有被听从，仍然恭恭敬敬，不触犯他们；虽有忧虑但不怨恨。谏诤的方式有多种，不一定要以直言进谏。舜面对继母的迫害，采取了机智的周旋方式，一次次将危险化于无形，这是他的谏诤；伯奇面对继母的馋毁和父亲的疑忌，则采取了以情动人的办法，歌声动寒川，最终也得到父亲的理解，这是他的谏诤。

父母对子女的爱是与生俱来的，有时也许会被一些尘埃所蒙蔽。不过，家人之间心意相通，没有解不开的心结，只要采取恰当的方式，相信可以得到理想的结果。

第十六　晋文侯[1]

序：平王[2]锡[3]文侯秬鬯圭瓒[4]，曰："汝克昭乃显祖[5]，追孝于前文人[6]。若汝，予嘉。"

诗：嘉汝故锡汝，非将玉展亲[7]。克昭乃显祖，追孝尔文人。

【注释】

1. 晋文侯：姬姓，名仇，晋国第十一任国君。　2. 平王：姬姓，名宜臼，周幽王之子，东周第一任君主。　3. 锡：通"赐"。　4. 秬鬯（jù chàng）圭瓒：秬鬯，用黑黍和郁金香草酿造的酒，用于祭祀或赏赐有功的诸侯。圭瓒，一种状如勺子的玉制祭器。　5. 汝克昭乃显祖：指能够继承先祖的功德。显祖，对先祖的美称，这里指晋文侯的先祖唐叔虞。　6. 前文人：前辈文德之人，指唐叔虞。　7. 展亲：重视亲族的情分。展，重视。

【解读】

这首诗讲的是周平王赠送晋文侯美玉，以表达倚重之情的故事。详见《尚书·文侯之命》。

晋文侯姬仇，是晋穆侯之子。按照当时政治联姻的传统，晋穆侯娶了齐国姜氏为妻，称齐姜。三年后，晋穆侯受周宣王之命，讨伐强悍的条戎部族。晋穆侯一时大意，竟被条戎打得大败而归。回国后，齐姜恰好生下一个男孩。晋穆侯表示不能忘记战败的耻辱，就给这个儿子取名为“仇”，意为将来一定要报仇雪恨。

晋穆侯去世后，他的弟弟殇叔夺取了国君之位，并计划杀掉太子仇以斩草除根。太子仇不得已逃亡国外。四年后，太子仇在族人的帮助下，杀掉了晋殇叔，夺回了君位，成为晋文侯。文侯即位后，励精图治，晋国国力得到了空前增强。

此时，西周王朝正处于风雨飘摇之中，周幽王宠幸褒姒、虢石父等人，不理朝政。周幽王为讨褒姒的欢心，甚至采纳了佞臣虢石父的建议“烽火戏诸侯”，引起诸侯叛乱。幽王死后，诸侯拥立废太子宜臼继位，即周平王，但虢石父又拥立了幽王的另一个儿子余臣登基，史称周携王。周朝一下子出现了两位天子，双方阵营互相攻击，对峙长达十余年。

周平王继位后，旧都镐京因饱受战火，残破不堪，已经不能作为王朝的政治中心了。此时周王朝财政匮乏，力量薄弱，不敢奢望迁都。于是，晋文侯便联合郑武公、秦襄公等，合力帮助平王完成了迁都的大事，东周正式建立。数年后，晋文侯又趁着周携王北巡的时候，率军袭击，击杀了周携王，结束了两周并立的分裂局面，统一了政权。

周平王为了表彰晋文侯的功绩，特地作了《文侯之命》，并赐给文侯祭祀用的香酒和玉器，另加彤弓、彤矢、宝马等，极尽宠待之意。他对文侯说：“你能继承先祖唐叔虞的功德，追行孝道，像你这样的人，值得赞美！”

追孝，也就是追行孝道。晋文侯作为一名姬姓子孙，能够继承祖上唐叔虞的雄才大略，维护宗族的安稳，所以称得上是忠孝了。

第十七　齐孝公[1]

序：伐鲁[2]。展喜[3]犒师[4]，曰："岂其嗣世[5]而弃命[6]，若先君何[7]？君必不然[8]。"齐侯乃还。

诗：岂其伐与国[9]，独不命先君[10]。想得还师去，难堪此语闻。

【注释】

1. 齐孝公：姜姓，名昭，齐桓公之子。　2. 鲁：鲁国，周公旦受封之国，位于今山东境内，与齐国接壤。　3. 展喜：鲁国大夫。　4. 犒师：用酒食或财物慰劳军队。师，这里指齐孝公的军队。　5. 嗣世：继位。　6. 弃命：抛弃王命。　7. 若先君何：怎么向先君交代？先君，前代君王。　8. 不然：不这样做。9. 与国：盟国，友邦。　10. 独不命先君：唯独不念及先君所受的王命。

【解读】

这首诗讲的是齐孝公念及先君所受的王命以及齐鲁两国的情谊，放弃对鲁国作战的故事。详见《左传·僖公二十六年》。

鲁僖公二十六年，鲁国遇上了罕见的自然灾害，颗粒无收，陷入了饥荒。齐孝公便趁机出兵，想借此机会侵犯鲁国。

齐孝公的军队还没有到达鲁国边境，鲁人便提前知道了齐军的行踪。消息传到都城曲阜，鲁国上下都很惊恐。于是，鲁国便派出能言善辩的大夫展喜，赶往边境，想办法化解这场危机。展喜带着一批物资，率先赶到边境，迎面遇上了齐孝公的军队。展喜先恭敬地向齐孝公行礼，对他说："我们国君听说您要来鲁国做客，特意命微臣前来犒劳您的军队。"齐孝公狂妄地说："既然你们都知道寡人要攻打鲁国了，你们害怕吗？"展喜笑道："小人感到害怕，君子并不害怕。"齐孝公道："你们鲁国今年遇上了大灾荒，连肚子都吃不饱，凭什么不怕呢？"展喜答道："从前，鲁国先祖周公和齐国先祖姜太公，一起辅佐武王取得天下，又辅佐成王坐稳了江山。成王表彰他们的功勋，特意赐予盟约，上面写着'世世代代，都不要互相侵害'。后来，齐桓公九合诸侯，一匡天下，勤于王事，化解各国纷争，赢得了诸侯的尊重。现在您继承了桓公的事业，大家都对您寄予厚望，都说：'他继位才刚刚九年，不会就这样去侵犯别的国家吧？如果那样的话，他怎么向死去的桓公交代呢？'我们鲁国正是凭着这一点，才不感到害怕啊！"齐孝公听后，感到非常羞愧，就下令军队返回齐国了。

"展喜犒师"是春秋历史上一次著名的外交活动。展喜利用齐、鲁两国先祖的关系及情谊，巧妙地对齐孝公进行规谏，触动了孝公心中的孝思，使他心生愧疚之情，继而化解了一场战争危机。

齐鲁两国本是兄弟之国。鲁国遭逢自然灾害，齐孝公不但不施以援手，反而乘人之危，大举入侵，已经在道义上说不通。齐孝公的父亲齐桓公在位时，尊王攘夷，九合诸侯，一匡天下，是诸侯尊奉的春秋第一霸主。其间，不乏存亡继绝、救孤恤寡的义举。齐桓公虽然去世了，但齐国的大国地位依然在，齐孝公作为大国之君，理应继承桓公之德，继续救困扶危，主持公道，而他趁火打劫的行为，显然违背了先辈的遗志，大国风范尽失。不过，被展喜晓以利害之后，齐孝公能幡然悔悟，及时退兵，也是念及先祖的行为了。

第十八 申 生[1]

序：姬[2]泣曰："贼由太子[3]。"人[4]谓太子："子辞[5]，姬必有罪。"曰："君[6]老矣，吾又不乐[7]。"乃缢死[8]。

诗：姬泣贼由子，子辞必罪姬。为忧君不乐，宁死莫君知[9]。

【注释】

1. 申生：姬姓，晋献公的嫡长子。 2. 姬：指骊姬，晋献公的姬妾。 3. 贼由太子：谋害来自太子申生。 4. 人：指申生身边的近侍。 5. 辞：说明情况。 6. 君：指晋献公。 7. 吾又不乐：我又不能使（父亲）快乐。 8. 缢死：上吊自杀。 9. 莫君知：不要让父亲知道（真相）。

【解读】

这首诗讲的晋太子申生的孝，但这种孝是一种"愚孝"，是应该反思和批判的。本事出自《左传·僖公四年》。

申生，是中国历史上著名的悲情人物。他是春秋时期晋国君主晋献公的嫡长子，生性温良敦厚，深受人们的爱戴。

晋献公讨伐骊戎，掳获了一位美女，就带回宫封为姬妾，称骊姬。骊姬年轻貌美，很快就得到了晋献公的欢心，并顺利产下一个男孩，名为奚齐。当时晋献公有八个儿子，其中以申生、重耳（即晋文公）、夷吾有贤名。按周代的宗法制度，申生应为接班人，但骊姬野心勃勃，一心想扶持自己的儿子奚齐上位。于是，骊姬就开始设计谋害申生。首先，她告诉申生，晋献公晚上梦到了申生的母亲齐姜，做儿子的理应前往祭祀一番，以抚慰父亲的思念之情。申生是个孝子，听到后深信不疑，马上安排祭祀。按当时的礼制规定，儿子祭祀母亲之后，应将祭祀用的胙肉送给父亲一份。等到申生派人送胙肉给晋献公时，恰巧献公外出打猎，骊姬就让人将胙肉放在宫中，并暗中在肉中下毒。

晚上，晋献公打猎归来，听说太子祭祀母亲并送胙肉之事，非常高兴，正准备享用时，骊姬上前“提醒”说，这胙肉虽是太子所送，但从宫外送来，还是检查一下较好。于是，骊姬命人牵来一条狗，然后用胙肉喂它，狗吃了胙肉之后，很快就七窍流血而死。晋献公见状大怒，顿时对申生起了疑心。这时，骊姬赶紧上前假意哭哭啼啼，说：君上对太子如此器重，太子却包藏祸心，竟然意图毒害您。晋献公越听越气，就下令处死了太子的师傅杜原款，以示警告。申生听闻之后，十分害怕。这时有亲信对他说：这是献公一时为骊姬所蒙蔽，如果您及时上书申辩，一定能让献公醒悟，明白事情的原委。申生想了想，拒绝了这个建议。他说：父王年事已高，骊姬是唯一让他高兴的人。如果我上书申辩，骊姬必定获罪被杀，那样的话，父王会非常伤心，我也会惶恐不安。亲信又建议申生逃亡他国暂避，申生说：我的罪名尚未查清，此时带着杀父之名逃亡，谁会接纳我呢，不如我自杀以谢天下吧！于是，申生在新城自缢而死。

申生的悲剧，一方面固然是由晋献公的昏庸和骊姬的阴谋所导致的，另一方面则是由他自身的性格决定的。申生的孝，是一种典型的“愚孝”。当他陷入骊姬所设的道德陷阱时，他没有采取自我保护的措施，而是选择了自杀。从他所给出的理由来看，他的性格是懦弱的，但同时又追求道德上的完美。当道德上的追求与自己的性命发生矛盾时，他毫不犹豫地选择结束自己的性命。从表面上看，这是一种舍生而取义的壮举，实质上却是为了逃避困境而选择的自我终结。

孝道是厚重的，因为它代表着责任、道义、人伦以及荣誉等，但厚重不等于沉重。有些人利用孝道进行道德绑架，以达到某些不可告人的目的，而这种道德上的高压有时会扰乱当事人的视听，造成难以挽回的悲剧。

第十九　北山大夫[1]

序：役使不均[2]，已劳于王事[3]，不得养其父母焉。“王事靡盬[4]，忧我父母。”

诗：非止[5]不得养，如忧父母何。能忍不我念，使我独贤劳。

【注释】

1. 北山大夫：《诗经·小雅·北山》中的主人公，应是当时的一名小官吏，因苦于公务繁忙，无暇照顾父母，故发出哀怨之声。　2. 不均：不公平。　3. 王事：公务。　4. 靡盬（mígǔ）：没有止息。盬，停止。　5. 非止：非但。

【解读】

《北山》描述了周代的一位地位低下的小官吏，抱怨公务繁忙、无暇奉养父母的情形。

这首诗的前两章是这样的：

陟彼北山，言采其杞。偕偕士子，朝夕从事。王事靡盬，忧我父母。

溥天之下，莫非王土；率土之滨，莫非王臣。大夫不均，我从事独贤。

诗句中出现的“士子”，指的就是北山大夫。这位小官吏长期忙于公事，连自己的父母都没有时间照顾。诗歌反映了周代下层士人真实的生活状况和内心情感。而《孝诗》的作者林同，又进一步挖掘了这份情感。“非止不得养，如忧父母何”，指无法赡养父母，除了忧虑，又能怎么办呢？“能忍不我念，使我独贤劳”，指强忍住对父母的思念，只是孤独地默默劳碌到老。

林同本人是一位“处士”，即从未做官的士人。州郡多次聘请，他坚辞不出，就是为了在家中好好地赡养父母，不让案牍劳形取代天伦之乐。他身体力行，实践了孝道的理念，又把这种情感灌注到了《孝诗》的创作之中。

第二十 《蓼莪》[1]孝子

序：民人劳苦，不得终养[2]，哀哀[3]父母，生我劬劳[4]，欲报之[5]德，昊天罔极[6]。

诗：莫遂终养志，难酬罔极恩。哀哀父母句，肠断不堪闻。

【注释】

1.《蓼莪》（lù'é）：《诗经·小雅》中的一首诗，主旨是讲子女对父母的孝思。蓼，长且大的样子。莪，一种野菜。 2. 终养：为父母养老送终。 3. 哀哀：表达对父母的惭愧之情。 4. 劬（qú）劳：辛劳。 5. 之：代指父母。 6. 昊天罔极：《蓼莪》中的句子，指父母的养育之恩极大。昊：广大。罔极：无边。

【解读】

《蓼莪》是《诗经》中的名篇，其主旨是子女感念父母的养育之恩。诗歌节选如下：

蓼蓼者莪，匪莪伊蒿。哀哀父母，生我劬劳。
蓼蓼者莪，匪莪伊蔚。哀哀父母，生我劳瘁。
……
父兮生我，母兮鞠我。拊我畜我，长我育我，顾我复我，出入腹我。欲报之德。昊天罔极！

……

借物言志，是《诗经》中惯用的手法。莪是一种丛生草本植物，植株高大，可以食用。而蒿和蔚（与蒿类似的一种草本植物）都是散生，粗恶不可食。诗人以此来比喻爹娘养育自己，本来是想让自己成为像“莪”那样的“美材”，结果自己却沦为“蒿”“蔚”之类的无用之人，辜负了他们的养育之恩，实在是悲哀痛苦。

《蓼莪》以草为比，也是诗中孝子的自况。以草自比，说明在诗人的内心中，自己是渺小的、孱弱的，流露出一种无法掌控命运的悲凉感。乱世中的人们，其生存境况，何尝不是如同路边野草一样！生仰日月，死没黄土，独立旷野，对天而泣！《蓼莪》一诗感情真挚，语言淳朴，营造出一种悲凉的氛围，具有十分强大的艺术感染力。

诗人的哀号，并非纯粹出于自身原因，而是跟那个时代紧密相关。《蓼莪》的原序说诗旨是“刺幽王”，即斥责幽王。幽王即周幽王，是西周最后一个帝王，昏庸暴虐，致使民不聊生，诸侯叛乱。诗中的孝子遭逢乱世，漂泊流离，生活无法安定，贫困交织，自然无法赡养父母，因而无比痛苦。唐代大学者孔颖达评价此诗说：“亲病将亡，不得扶持左右，孝子之恨，最在此时。”

《蓼莪》是最早以充沛情感表现孝道的文学作品之一，对后世影响极大。

第二十一　老莱子[1]

序：年已七十，父母犹存，着斑斓之衣[2]，为婴儿[3]戏于亲前[4]。

诗：七十已中寿[5]，人生似此稀[6]。绝怜[7]老莱子，犹自作儿嬉。

【注释】

1. 老莱子：春秋时期楚国人，道家学派代表人物。　2. 斑斓之衣：五彩绚丽的衣服。　3. 为婴儿：装作婴儿。为，假装。4. 戏于亲前：戏，嬉闹。亲，父母。　5. 中寿：古人关于人的寿命有上寿、中寿、下寿之说。唐孔颖达认为："上寿百年以上，中寿九十以上，下寿八十以上。"　6. 稀：少。俗语称"人生七十古来稀"。　7. 怜：爱。

【解读】

这首诗的素材取自"老莱娱亲"。事迹见于西汉刘向的《列女传》。老莱子是春秋时期的隐士，年逾七旬，父母尚在。可见，老莱子的家庭是一个典型的长寿之家。作为一名七十岁的高龄孝子，老莱子丝毫没有因为自己年老而怠慢双亲，而是更加恭敬和体贴。

有一次，老莱子为父母打水，上台阶时不小心滑倒了，水也洒了一地。父母听到有动静，赶紧出来查看。老莱子害怕父母担心，就故意做出夸张的举动，学着婴儿的模样大声啼哭，还发出“呜呜”声。父母见状，忍不住笑了起来，连声道：“别闹了，别闹了，赶紧起来吧！”有时，老莱子还穿上五彩斑斓的衣服，手里摇着拨浪鼓，唱唱跳跳，逗得父母开怀大笑。

老莱子娱亲的故事引发了后人的许多争议。有人认为老莱子的行为是真性情，他是真孝子；也有人认为老莱子身为一名七十岁的老人，做出如此幼稚的举动，委实有些为老不尊和矫揉造作，鲁迅就在《朝花夕拾》中表达了对老莱子的行为的反感。

其实，老莱子的行为无可厚非。孝顺父母，做一名合格的孝子，跟年龄并无关系。老年人也有父母，为什么不能想法子尽孝，让父母开心？现代科学表明，随着年龄的增长，人的心理年龄反而会降低。尤其是七八十岁以上的老人，有时其心理年龄可能会变得和孩童一样。此外，事实证明，心胸开阔、心情愉快会使老人更加长寿，所以老莱子以及他的父母长寿，不是没有道理的。因此，行孝道不仅是在物质上供养父母，更重要的是让父母心情愉快。

第二十二 曾 子[1]

序：有疾[2]，召门弟子[3]曰："启[4]予足，启予手，而今而后[5]，吾知免[6]夫！小子[7]！"

诗：全归[8]有名训[9]，珍重恐伤肤[10]。小子启手足，吾今知免夫。

【注释】

1. 曾子：名参，子子舆，春秋时期鲁国人，与其父曾皙同为孔子弟子。 2. 有疾：前面省略主语"曾子"。有疾，生病。 3. 门弟子：曾子的门人弟子。 4. 启：查看。 5. 而今而后：从今往后。 6. 免：指身体免于毁伤。 7. 小子：对弟子的称呼。8. 全归，保全身体得以善终；归，指死亡。9. 名训，指圣人的话。10. 伤肤：使自己的身体毁伤。古人认为让自己的身体受损，是一种不孝的表现。

【解读】

这首诗讲的是著名的思想家、教育家曾子所阐发的以养护身体为核心的孝道思想。本事出自《论语·泰伯》。

曾子是孔门有名的孝子，据说《孝经》是他所著。他继承了孔子思想中有关孝道的部分，并将其发扬光大。他也是中华孝道文化的开创者之一，在中国古代思想史上占有极其重要的地位。曾子被尊为“宗圣”，位列“孔门四圣”之一，配享孔庙。《论语》《礼记》等典籍中记载了许多有关曾子的言论。

古人把身体看作是父母所赐，不能毁伤，这种思想是有一定道理和现实根据的。古人把婴孩的诞生称为“来”，把人的死亡称为“归”，认为人最终归往来的地方。所以，古人强调全始全终，既然来时身体是完整的，不曾残缺，那么，归时也应该是完整的。

从现实角度来讲，在农业社会中，一个人肢体遭受毁伤，比如断胳膊瘸腿，便意味着失去了劳动能力。如果一个成年男子失去了劳动能力，就意味着他无法养活自己的家人，遑论孝敬父母！

元末明初的小说《三国演义》中，曹操手下大将夏侯惇在一次作战中被敌将射中眼睛，他拔箭时将眼珠带出，便口中大喊：“父精母血，不可弃也！”说完，将眼珠吞入腹中。夏侯惇的行为虽然比较激进，但也反映出古人对待身体的态度。

明朝灭亡后，清兵入关，便强迫汉族人剃发，统一按照满族人的习俗扎辫子，并宣称“留头不留发，留发不留头”。当时，这一高压政策引起了广大汉族士人的强烈反抗，可见中原地区的汉族人长期以来受儒家文化滋养，对身体有着特殊的感情。

第二十三　子　路[1]

序：见孔子[2]曰：今由[3]也累茵[4]而坐，列鼎而食[5]。愿欲食藜藿[6]，为亲负米[7]，不可得[8]矣。

诗：食藜殊[9]列鼎，负米异[10]重茵。不待今朝养，伤哉昔日贫。

【注释】

1. 子路：即仲由，字子路，春秋时期鲁国人，孔子弟子。　2. 见孔子：子路见孔子。　3. 由：子路自称。　4. 累茵：指子路的坐具很厚实。累，多层。茵，用作坐具的草垫子。　5. 列鼎而食：吃饭时罗列众多食鼎。鼎，古代上层社会所用的食器。　6. 藜藿：指粗劣的饮食。　7. 为亲负米：为父母背米。负，背负。8. 得：实现。　9. 殊：不同于。　10. 异：与“殊”同义。

【解读】

这首诗讲的是子路对自己不能孝养双亲所发的遗憾之语。本事出自汉刘向《说苑·建本》。

子路是孔子的弟子之一。他性格亢直，言语粗鲁，经孔子教育之后改变很多，并且对孔子极为崇敬，常随左右。子路不光求学笃诚，而且文武双全，做过卫国的大夫，具有很强的政治、军事能力。鲁哀公十五年，卫国内乱，父子争位，子路为了救卫出公姬辄，被蒯聩杀死，砍成肉泥。临死前，子路的帽缨被乱军砍断，他说："君子死而冠不免。"然后结缨正冠，从容就义。从子路的行为可以看出，他是一个遵守礼仪的人。

《序》中所说的"累茵而坐，列鼎而食"，是形容子路做官之后的生活条件。子路出身平民，少年时期，家中穷困，遇上青黄不接的年岁，甚至需要挖野草充饥。为了生存，他学会了多种技艺以养家糊口。成年后，子路拜孔子为师，学成后出仕做官，生活条件大大改善。看着自己优越的生活，想想因穷困而早早过世的父母，子路常常唏嘘不已，遗憾自己不能以此奉养双亲。

《韩诗外传》里记载了一个故事，孔子在周游列国时，遇到一人在道路旁哭泣。他上前询问，得知此人名叫皋鱼。孔子问他为什么哭泣，皋鱼回答说："我年少时出去求师访友，周游列国，不曾侍奉父母，岂知回来后父母已经去世了。树欲静而风不止，子欲养而亲不待，我追悔莫及呀！"

"树欲静而风不止，子欲养而亲不待。"古人的平均寿命很低，这是由于当时社会生产力落后、医疗水平低下所造成的。等到年轻一代长大成人，有条件、有能力去赡养双亲时，父母往往已经不在人世了。我们生活在当代，相比古人，物质条件已经大大改善，但是我们孝顺父母的方式，是否能随着时代而有所改进呢？

第二十四　子　游[1]

序：问孝子[2]，曰："今之孝者，是谓能养[3]，至于犬马，皆能有养，不敬[4]，何以别乎[5]？"

诗：犬马何以别，斯言似太深。深言为养者，可不敬于心？

【注释】

1. 子游：即言偃，字子游，春秋时期吴国人，孔子弟子。　2. 问孝子：前面省略主语"子游"。　3. 养：养活。　4. 不敬：内心没有敬意。　5. 何以别乎：（与饲养犬马）有什么区别呢？

【解读】

这首诗讲的是孔门弟子子游向孔子请教孝道之事，出自《论语·为政》。《论语》里有多则弟子或时人向孔子请教孝道的记录，这是其中的一则。

子游，在"孔门四科"中以"文学"著称。这里所谓的"文学"，并非指现在所说的文学艺术，而是指历史文献。子游熟谙历史文献，而且勤学好问，是一位博学之人。

孔子是从孝道的实践角度来回答子游的问题的。孝是什么？很多人都认为，孝就是能够养活父母，让父母有饭吃、有衣穿。孔子认为，这不是孝道的全部。如果人在供给父母衣食的时候，心中没有对父母的敬意，那么跟饲养犬马又有什么区别呢？

古希腊哲学家柏拉图曾和学生们在一起探讨问题，有一个学生问柏拉图："老师，您说说什么是人？"柏拉图想了想，回答说："人，就是没有羽毛的两脚直立的动物。"这个学生听了，没有说话，而是走了出去。不一会儿，他提着一只被拔光了毛的鸡走进来给大家展示，说："老师，您看，这是人吗？"这个故事告诉我们，不能简单地通过外在的现象或行为来判断事物。孔子心中的孝道，有着独特的概念和内涵，不能简单地以表面现象来判断。乌鸦能反哺，羔羊能跪乳，但那是一种动物的本能。人与动物的区别，在于内心的自觉，这是属于人类的独特情感。

儒家的孝道，体现出深厚的人文关怀。孝，不仅是物质需求上满足父母，更重要的是精神上的虔诚，因此内心的"敬"是最重要的。所以子夏问孝时，孔子回答："色难。有事，子弟服其劳；有酒食，先生馔，曾是以为孝乎？""色难"，即始终和颜悦色地侍奉父母，这是最难坚持的。只有心中充满敬爱之情，服侍父母才能始终和颜悦色。

第二十五　子　夏[1]

序：既除丧[2]，而见孔子，与之琴，弹之而不成声[3]，作[4]而曰："哀未忘也[5]。"

诗：为有心中事，琴音自不和[6]。礼虽弗敢过[7]，哀[8]若未忘何。

【注释】

1. 子夏：即卜商，字子夏，春秋末期晋国人，孔子弟子。　2. 除丧：服孝期满后脱去丧服，恢复正常起居饮食。　3. 不成声：琴声紊乱，不成声调。　4. 作：站起来。　5. 哀未忘也：我还没有忘记（丧亲）的哀痛。　6. 和：五音和谐。　7. 礼虽弗敢过："除丧"是周礼的规定，子夏不敢违背。过，违背。礼，礼制。　8. 哀：指丧亲之痛。

【解读】

这首诗讲的是子夏在除丧之后，依然沉浸在哀痛之中的故事。出自《礼记·檀弓上》。

孔子说过，父母在世的时候，按照礼制来奉养他们；父母去世后，按照礼制来安葬他们，祭祀他们。子夏虽脱去丧服，但依然沉浸在失去亲人的悲痛中，不能自已，以致在弹琴时不成曲调，这是未能忘怀的缘故。毕竟，父母去世，对一个孝子来说是重大的人生变故。

按照儒家的传统，父母去世后，子女要守孝三年。据《论语·阳货》记载，孔子认为“子生三年，然后免于父母之怀。夫三年之丧，天下之通丧也”。儒家的守孝有复杂的礼制规定。比如，孝子要穿特制的孝服——“斩衰”，还要守孝三年。守孝期间，子女不能住在家中，而是要在父母坟墓旁搭草庐居住，按时哭奠、祭祀，不能沐浴，不能有娱乐活动，饮食以粗茶淡饭为主，忌饮酒和荤腥。三年之后，服丧期满，孝子方可恢复正常的生活，这叫“除服”，也叫“除丧”。

以上所述只是儒家原则上的规定，在实际生活中，由于种种原因，大多数人并不能守孝三年。比如春秋时期，晋襄公的父亲晋文公刚去世，秦国便派兵入侵。按礼制，晋襄公应该为先君守孝，但因军情紧急，于是晋襄公身穿黑色的孝服，亲自率军出战，最终大败秦军。晋襄公“墨绖从戎”，开了守孝期间参与国家大事的先例。再比如政府高官因负责重大的国家事务，可以视情况由朝廷下诏书“夺情起复”，即因为国家大事而夺去了孝道和情感，可以不必因回乡守孝而离职，但不穿公服，穿素服办公，且不参加吉礼，譬如明代的张居正就曾夺情。

守孝三年，对一个人的身心是巨大的考验。比如晋代的韦彪，为父母守孝三年，除丧后，整个人变得瘦骨嶙峋，营养严重不良，几乎处于濒死边缘，经过数年的疗养才勉强恢复生活能力。守孝制度是古代农耕社会的产物，现代社会，人们出于实际生活的需要，不可能为父母守孝三年。制度和习俗并非一成不变，而是应随着时代的变迁而变化。今天我们需要继承的是古人孝敬父母的至诚精神。

第二十六　孟懿子[1]

序：问孝[2]。子曰："无违[3]。"樊迟[4]御，子告曰："生，事之以礼[5]；死，葬之以礼，祭之以礼[6]。"

诗：不复[7]问无违，祇[8]应懿子知，尚愁人不省[9]，以礼告樊迟。

【注释】

1. 孟懿子：姬姓，名何忌，春秋时期鲁国大夫。　2. 问孝：前面省略主语"孟懿子"。　3. 无违：不要违背（父母的意愿）。　4. 樊迟：即樊须，字子迟，孔子弟子。　5. 生，事之以礼：父母活着的时候，按照礼制侍奉他们。　6. 死，葬之以礼，祭之以礼：父母去世以后，按照礼制安葬、祭祀他们。　7. 不复：不再。　8. 祇：恭敬。　9. 省：醒悟。

【解读】

这首诗讲的是春秋时鲁国大夫孟懿子向孔子请教孝道的故事，出自《论语·为政》。

葬礼和祭礼，是礼制的重要内容，也是孝道的基本内容。所谓"礼"，表面上是一种仪式规定，实质则是强调一种秩序。所以，行礼时一定要遵守相应的规则。行礼不到位，是不对的；越礼而动，超出了应有的规格，同样是不对的。

祭礼是葬礼的延续。祭祀，一方面表达了人们对亲人的缅怀之情；另一方面，人们也相信去世的亲人如果在天有灵，可以给活着的人带来祥瑞。关于祭礼，孔子强调内心的真诚。他说："祭如在，祭神如神在。"意思是说，祭祀祖先的时候，要像祖先真的在那里一样充满敬意。孔子说过"吾不与祭，则不祭"，这是什么意思呢？因为当时有很多人不把祭祀当回事，往往找人代替自己祭祀。孔子严厉批判了这种虚假行为，认为如果自己不参加祭祀，而是找人代祭，那么就跟没参加祭祀一样。

所以，如果内心不够真诚，祭祀就没有意义。孔子说："礼云礼云，玉帛云乎哉？乐云乐云，钟鼓云乎哉？"祭礼的关键在于内心情感的诚挚，而非外在的祭品、仪文等形式。

第二十七　孟武伯[1]

序：问孝[2]。子曰："父母惟其疾之忧[3]。"

诗：父母之爱子，心乎惟疾忧，可能不自爱[4]？而忍使亲愁[5]。

【注释】

1. 孟武伯：姓仲孙，名彘（zhì），春秋时期鲁国大夫。　2. 问孝：前面省略主语"孟武伯"。　3. 父母唯其疾之忧：只让父母担忧子女的疾病。　4. 可能不自爱：这句话是反问句，意思是"难道能不自爱吗？"　5. 而忍使亲愁：怎么能忍心让父母担忧？

【解读】

这首诗讲的是鲁国大夫孟武伯向孔子请教孝道的故事。本事出自《论语·为政》。

孟武伯平时骄奢淫逸，喜好声色犬马，遭到时人的批评，但他对孔子相当尊重，经常向孔子请教问题，孔子也就趁此机会，委婉地对他进行规劝。这次的话题，是孔子从父母与子女情感的角度，解释关于孝道的要求。

为什么说只让父母为子女的疾病担忧？乍一听，这句话好像有点儿怪怪的，不太好理解。宋代的思想家朱熹这样解释："父母对子女的爱，无所不至，唯恐子女生病，常常心中担忧。做子女的如果能理解这一点，自然就会更加珍重自身，更不会铤而走险做危及自身的事情，这难道不是孝吗？”朱熹的解读是有道理的。如何才算是尽孝，无须凭空想象，只需将心比心，从父母的角度来考虑。父母对子女的爱，可谓无所不至，无时无刻不牵挂在心。最让父母牵肠挂肚的，无疑是子女的身体健康。想一想父母在子女患病时焦虑、急切的心情，就会明白为人子女最应该做的是什么。除此之外，如果我们做事小心谨慎，很多危险都是可以避免的。“父母唯其疾之忧”的另一个意思，就是不让父母因为其他事情替自己担忧。

孟子总结“五不孝”说：“世俗所谓不孝的行为有五项：怠惰其四肢，不顾父母的赡养，一不孝也；博弈好饮酒，不顾父母的赡养，二不孝也；喜好货财，偏爱妻子，不顾父母的赡养，三不孝也；放纵耳目之欲，给父母带来耻辱，四不孝也；好勇斗狠，危及父母，五不孝也。”所以说不让父母担心儿女除了健康之外的一切事情，就算是孝了。

孝道要求人不在社会上为非作歹，让父母担忧。因此，一名合格的孝子，不仅要对父母、家庭尽职尽责，更要对整个社会的和谐稳定做出贡献。

第二十八　颖考叔[1]与茅焦[2]

序：留羹[3]感郑庄公母子如初[4]。茅焦谏始皇，即虚左[5]迎母。

诗：茅焦甘伏质[6]，考叔请留羹。大隧[7]如初乐，咸阳虚左迎。

【注释】

1. 颖考叔：春秋时期郑国人，事母至孝。　2. 茅焦：战国末期齐国人，以性格耿直著称。按：《孝诗》原文标题只列颖考叔，茅焦为编者所加。　3. 留羹：郑庄公赐给颖考叔饭食，颖考叔把饭里的肉挑出来，留给母亲。　4. 母子如初：母子二人像原来一样亲近。　5. 虚左：这里指秦始皇空出车子，以迎接母亲。　6. 伏质：即“腰斩”的酷刑，受刑者趴在腰斩用的砧板上。质，通“锧”，行刑用的砧。　7. 大隧：隧道。这里指郑庄公为了与母亲相见而挖的隧道。

【解读】

这首诗里讲了两则孝道的故事，一是春秋时颖考叔促成郑庄公母子冰释前嫌的故事，本事见于《左传·隐公元年》；二是战国时茅焦劝谏秦始皇善待母亲的故事，本事见于《史记·秦始皇本纪》。

第一则故事发生在春秋时期。郑国国君郑武公娶了申国国君的女儿为妻，即“武姜”。武姜生有两个儿子，即郑庄公和共叔段。武姜在生育郑庄公时难产，古人迷信，认为这是不吉的事情，故而武姜不喜欢大儿子庄公，而对小儿子共叔段宠爱有加，屡次请求郑武公将共叔段立为世子。郑武公没有答应她。等到大儿子庄公继位后，武姜便暗中支持共叔段积聚力量，意图推翻郑庄公，让共叔段取而代之。郑庄公及时发觉，派兵镇压了共叔段的叛乱。因为武姜是幕后主使，庄公一怒之下，将武姜软禁在城颍，并称“除非到了黄泉，否则永不相见！”

庄公软禁母亲是一时之气，时间久了难免后悔，但君无戏言，他为此颇为烦闷。颍考叔听说了这件事后，就带着礼物来觐见庄公。庄公接受了他的礼物，并赐给他饭食。颍考叔吃饭时，将饭菜中的肉挑出来，放在一边不吃。庄公感到很奇怪，就问缘由。颍考叔回答道：“小人家中尚有老母在堂，还没有吃过国君您赏赐的食物，因此想带回家给她老人家尝尝。”庄公听了之后，感慨道：“你有母亲可以赡养，而我却无法对母亲尽孝！”颍考叔故作不知，问起缘故，于是庄公就把事情原委告诉了他，并表达出悔恨之意。颍考叔见时机成熟，便进言道：“您不必烦恼，何不派人挖出一条直通城颍的隧道？隧道深在地下，可及泉水，如此一来，既没有违背当日的誓言，也可迎接您的母亲归来呀！”庄公大喜，如此照办，母子遂和好如初。后人评价此事说：“颍考叔真是纯孝啊！不但孝敬自己的母亲，而且还能推己及人，使庄公也尽了孝道。”

第二则故事发生在战国末期的秦国。秦始皇嬴政的母亲与嫪毐通奸，并生下了一对私生子，被嬴政发觉。嫪毐惧怕事情泄露，因此铤而走险，聚集家兵叛乱，事败后受车裂而死。嬴政恼怒母亲的不端行为，遂将一对私生子扑杀，又将母亲逐出国都咸阳，软禁在雍城。大臣们不忍，纷纷上书劝谏，嬴政大怒，下令道：“谁再敢为太后说情，碎尸万段！”一连处死了二十七人。

当时齐国人茅焦客居秦国，听说这件事后，愤然不平，说道：“哪里有儿子囚禁母亲的道理？”于是毅然前往秦宫向嬴政进谏。嬴政怒道：“你难道没有看见外面那些因劝谏而被处死的人吗？”茅焦从容答道：“生死存亡的道理，是任何一个圣明的君主都想知道的，不知道大王想不想听呢？”嬴政怒气稍平，摆摆手，道：“那你说吧！”茅焦道：“大王您车裂嫪毐，这是不仁；扑杀幼子，这是不慈；处死进谏的大臣，这是不容；囚禁自己的母亲，这是不孝啊！如果全天下人都知道了大王您不仁、不慈、不容、不孝之名，那天下的贤人才士就会愤然离去，再也不会为秦所用，到那时，秦国恐怕就离亡国不远了！如果大王认为我说得不对，就将我处死吧！”说完，茅焦解开衣服，趴在了腰斩用的砧板上。嬴政听后，惊出一身冷汗，幡然醒悟，赶紧下殿扶起茅焦，亲手为他穿上衣服，惭愧地说道：“先生所言甚是！我明白其中的道理了！”于是，嬴政口称茅焦为“仲父”，封为上卿，并前往雍城将母亲迎回了咸阳。太后回到咸阳后，感慨道：“我母子得以团圆，都是茅先生的功劳啊！”

这两个例子都是母亲有错在先，导致母子关系出现裂痕，最终通过外力补救的故事。人非圣贤，孰能无过？过而能改，善莫大焉。母亲虽然有错在先，但作为儿子，囚禁母亲就是一种过错。春秋时候的仁、义、礼、孝等概念都不仅为一己之私德，而是建立在对国家、对百姓有利的基础上，在这样的大前提下，就要求放下个人的意气与恩怨，以宗族为重，以大局为重。否则，又有什么资格去要求天下人恪守孝道呢？

第二十九　魏孝子[1]

序：役于大国[2]，陟彼屺兮[3]，瞻望母兮[4]。狄仁杰[5]登山望云，曰："吾亲舍其下[6]。"

诗：望母嗟陟屺，思亲徒望云，可怜魏孝子，不比狄参军。

【注释】

1. 魏孝子：下面这首诗出自《诗经·魏风·陟岵》，故称主人公为魏孝子。　2. 役于大国：在大国服劳役。大国，指魏国。　3. 陟彼屺兮：登上没有草木的山。陟，登上。　4. 瞻望母兮：登高远望，希望能看到母亲。　5. 狄仁杰：唐代武周时期的政治家。　6. 舍其下：居住在白云之下。舍，居住。

【解读】

这首诗由《诗经·魏风·陟岵》而起，继而又引出了狄仁杰孝亲的故事。

《魏风》是在周朝魏地（今山西芮城东北）流传的诗篇。《陟岵》是其中一篇，讲的是一位在外服劳役的男子，因想念家中父母，故而登山远望，盼望早日返乡。这首诗情真意切，字字血泪，反映了春秋时期劳役繁重、父子相离、征夫有家难回的悲惨情景。

在古代，服劳役是一种带有惩罚性、强制性的艰苦工作。有的劳役是为了军事防御或民生水利，比如筑建城池，开掘河道；有的是为了统治阶级自己的享乐，比如商纣王修鹿台，秦始皇建阿房宫等。不管哪一种类型的劳役，对劳动人民来说都是一种灾难。古时生产力不发达，大型工程完全依靠人力完成，强度大，工期长，无数征夫因劳累而客死他乡。

诗序的后半段讲的是唐代名臣狄仁杰的故事。狄仁杰是唐代武周时期的政治家。他年轻时曾出任山西并州法曹参军，而他的父母则远在河南。公事之余，他常登上太行山，在山顶对着父母所在的方向翘首远望，还会指着天上的白云对随从说："那片白云之下，就住着我的父母。"

古代做官任职的地方往往不是自己的家乡，做官就意味着背井离乡，意味着远离父母妻儿。出仕做官是为国尽忠，但远离双亲又难尽孝道，所以忠孝难以两全。诗中所说"可怜魏孝子，不比狄参军"，大概是说两人都是孝子，但后来狄仁杰位至宰相，有功于国家，而魏孝子最终不过一介役夫，不如狄仁杰苦尽甘来。

恐怕每一位离乡背井在外打拼的游子，心中都有一个难以忘却的远方。远方有自己的故乡，故乡有自己年迈的父母，他们每日翘首以盼，望着孩儿常回家看看。在飞机高铁朝发夕至的当下，"常回家看看"尚且是一种奢望，更何况交通极不发达的古代呢？

第三十 灵 辄[1]

序：翳桑[2]饿者[3]，赵宣子[4]食[5]之。舍其半[6]，云欲遗母[7]。宣子使之尽之[8]，而别具食[9]与其母。

诗：翳桑一饿者，念念母之存。赖有赵宣子，能为别具飧[10]。

【注释】

1. 灵辄：春秋时晋国人，以孝义著称。 2. 翳桑：古代地名。 3. 饿者：快要饿死的人。 4. 赵宣子：赵盾，春秋时晋国贵族，是当时晋国的执政者。 5. 食：拿东西给人吃。 6. 舍其半：留下一半（不吃）。 7. 遗母：留给母亲（吃）。 8. 尽之：把饭菜吃完。 9. 别具食：另外准备食物。 10. 飧（sūn）：通“飱”，饭食。

【解读】

这首诗写的是春秋时期晋国孝子灵辄的故事，本事出自《左传·宣公二年》。

有一次，晋国大夫赵盾在首山打猎，晚上在翳桑住宿，在路边看到了一个快要饿死的人。赵盾于心不忍，派人去探问，得知此人名叫灵辄，已经三天没有吃饭了。赵盾就派人送饭给灵辄，结果他只吃了一半，将另一半留下来不吃。赵盾很奇怪，就问其中的缘故。灵辄说他家中老母尚在，也已经饿了好几天了，这些饭菜是留给母亲吃的。赵盾听了十分感动，就让灵辄放心把饭菜吃完，然后派人单独准备了一份，让灵辄带回家孝敬母亲。

赵盾是一位正直的大臣，当时晋国的国君晋灵公是春秋时期有名的昏君，在位期间横征暴敛，惹得民怨沸腾。赵盾屡次劝谏，晋灵公不但不听，反而对赵盾怀恨在心。一天，晋灵公假意邀请赵盾饮酒，却暗中埋伏士兵，意欲谋害赵盾。赵盾发觉后，及时离开了宴会，但四下伏兵尽出，赵盾在随从的护卫下边战边撤，可惜寡不敌众，陷入了包围。正在险要关头，只见围攻赵盾的士兵们突然大乱，原来其中有一名甲士倒转矛头，刺倒数人，在包围圈中杀出一个缺口，大喊“赵大人快走”，并护卫着赵盾逃离。赵盾大喜，于是在这名护卫的奋力冲杀下，逃出了包围圈。

顺利逃难后，赵盾对这位救命恩人感激不尽，便问他的姓名，那名甲士拜倒在地，说：“我就是当年在翳桑的那个快要饿死的人啊！”说完，向赵盾拜了三拜便起身离去。后来赵盾多方寻访，却再也找不到他了。

这个故事带有强烈的传奇色彩。赵盾的一念之善，为他免除了杀身之祸；灵辄受人一饭之德，便在恩人危难当头以命相报。古人云，勿以恶小而为之，勿以善小而不为。赵盾正直无私，是一位忠臣；灵辄饥不忘母，是一位孝子。赵盾和灵辄，可谓中国古代忠臣孝子的典范。

第三十一　叶公诸梁[1]

序：后臧[2]从其母于吴[3]，不待而归[4]，叶公终不正视[5]。

诗：随母适异国，先归汝忍能[6]。致[7]人不正视，应是得人憎[8]。

【注释】

1. 叶公诸梁：沈诸梁，春秋末期楚国人。因其封地在叶邑，故称为叶公。　2. 后臧：叶公之弟。　3. 从其母于吴：跟随他的母亲在吴国避难。　4. 不待而归：不等（他的母亲）就自己先回来了，即后臧抛弃母亲独自逃回楚国。　5. 终不正视：始终不拿正眼看他。　6. 忍能：反问语气，怎么能。　7. 致：致使。　8. 憎：憎恶。

【解读】

这首诗讲的是春秋时楚国大夫沈诸梁批评弟弟不懂孝亲的故事。出自《左传·定公五年》。

沈诸梁是春秋时期楚国较有名望的大夫。楚平王五年，沈诸梁被封于叶邑，前后主政近五十年，故被称为叶公。叶公励精图治，开垦荒地，兴修水利，大力发展农业生产，深受当地百姓爱戴。

吴国与楚国毗邻，两国之间时有摩擦，在诸侯争霸的刺激下，这种摩擦终于升级为战争。在吴楚之战中，楚国战败，叶公的母亲和弟弟后臧被吴军俘获，并押往吴国囚禁。后来，楚国在秦国的帮助下反败为胜，后臧也趁乱逃了出来。但他当时只顾自己逃走，却将老母亲抛弃在了吴国。叶公听说后大怒，认为后臧不仁不孝，终身不再正眼看他。

灾难是人性的试金石，它摧毁了人世间的美好，也撕下了许多人世间的伪善。在生与死面前，不是谁都会选择道义。后臧显然是一个典型的不孝子。抛弃战友、同伴尚属不义，何况抛弃自己的母亲呢？虽然史书上没有记载叶公母亲最后的结局，但可想而知。然而，叶公作为长兄，对弟弟的不孝之行虽然愤怒，却保持了足够的克制和理性。他没有像一般人想的那样，将弟弟直接按不孝之罪处死，只是终生不再正眼看他，这已经是相当轻微的处罚了。弟弟虽然不孝，但做哥哥的却不能不仁。

孟子说："生，亦我所欲也，义，亦我所欲也，二者不可得兼，舍生而取义者也。"什么是义？孝就是最基本的义。当人生遭遇到极端状况时，每个人都会在命运逼迫下做出艰难的决定。希望每个人在做出决定时，能够守住道义的底线。纵使多年之后回想起当时的决定，仍然会觉得问心无愧，无怨无悔。

第三十二　伍　尚[1]

序：楚将杀其父奢[2]，虑二子[3]为患[4]，曰："欲免[5]其父，召之[6]，彼仁必来[7]。"尚归死[8]，员奔吴[9]。

诗：此以父免召，彼如仁必来。员乎竟何益，尚也最堪哀。

【注释】

1. 伍尚：春秋时期楚国人，伍奢之子，伍子胥之兄。　2. 奢：伍子胥的父亲，春秋后期楚国大夫，楚平王时担任太子太傅，后因谗言被杀。　3. 二子：指伍尚和伍员。　4. 患：后患。指二子日后会为其父报仇。　5. 免：赦免。　6. 召之：以赦免伍奢的名义招降伍尚和伍员。　7. 彼仁必来：指伍尚和伍员出于仁孝，必然会自投罗网。　8. 尚归死：伍尚归降楚国后被杀。　9. 员奔吴：伍员逃奔吴国。

【解读】

这首诗讲的是春秋时期楚国大夫伍奢父子三人的悲剧故事，故事见于《史记·伍子胥列传》。

楚平王的太子名建，人称太子建。楚平王对太子建甚是器重，命伍奢为太傅，费无忌为少傅，辅佐太子。费无忌是一个佞臣，人品不端，专好拍马逢迎，投机取巧。不过他善于揣摩楚平王的喜好，很得平王的信任。

眼看太子建渐渐年长，到了娶妻成家的时候。楚平王派费无忌去秦国求亲，想与秦国政治联姻。费无忌来到秦国面见秦王后，求得了秦公室的一名少女，费无忌见此女生得十分貌美，不由得动了歪心思。他回到楚国之后，直接将秦女献给了楚平王。楚平王贪恋美色，竟然将其纳为嫔妃，让费无忌再为太子建物色新妇。

太子建宅心仁厚，听得这等荒唐事后，也不敢说什么，但太傅伍奢性情耿直，对此事十分不满，发了几句牢骚。费无忌听说后，记恨在心。此外，他一直也害怕楚平王死后，太子建即位对自己不利，就想着先下手为强。于是，费无忌找了个机会对楚平王说："太子建对上次您纳了秦女为妃的事情耿耿于怀，口出怨言。他手中现在掌着兵权，恐怕对大王您不利。"楚平王本是一个没主见的昏君，对费无忌的谗言信以为真，便下令立即逮捕太子太傅伍奢进行拷问。

伍奢被捕后，坚贞不屈，并质问楚平王，为何听信小人之言，疏离骨肉至亲？平王自己心虚，又担心太子真的造反，就派人先将伍奢囚禁起来，严加看管，另外派大将带兵前去诛杀太子。不料走漏了风声，太子建只好逃往宋国避难。

费无忌没有抓到太子，心中不甘，就想拿伍奢开刀。他对楚平王说，伍奢有两个儿子，一名伍尚，一名伍员，都很有能力。现在他们逃亡在外，如果不能除根斩草，必定后患无穷。于是，楚平王就派人召伍奢的两个儿子返回楚国，声称只要他们愿意回来，就可以赦免伍奢的罪名。

哥哥伍尚听说后，对弟弟伍员说："这肯定是费无忌的奸计，如果我们回去，必定会和父亲一样被处死；如果不回去，就会背上不孝的骂名。不如我返回楚国和父亲一起就义，你逃亡他国，为伍家保留一点骨血。”伍员当然不肯，伍尚再三催促弟弟快走，伍员只得哭别兄长，连夜逃往宋国去了，而伍尚则返回楚国，接受与父亲一同被杀害的命运。

这位伍员，就是后来的吴国名将伍子胥。他逃到宋国之后，又辗转多次，九死一生，最后在吴国扎下了根。他凭借卓越的军事才能，深受吴王的信任和重用。后来，吴楚之间爆发了战争，吴王遂命伍子胥为大将，与名将孙武一道，率大军讨伐楚国。伍子胥、孙武一路势如破竹，攻入楚国都城郢都。当时楚平王已死，伍子胥命人挖坟掘墓，拖出平王的尸体，鞭尸三百，以报父兄之仇。

伍尚从容赴死，那是他的孝；伍员潜行隐忍，成功报仇，那也是他的孝。虽然尽孝的方式不同，但殊途同归。与前文的后臧弃母而逃相比，伍氏兄弟是当之无愧的兄弟同心，忠义双全，实伟丈夫也。

第三十三　丁　兰[1]

序：至孝，刻木为母像[2]，事之如生[3]。兰妇[4]误烧木母面，应时[5]发落如割[6]。

诗：一灵长皎皎[7]，如月不离天，要以纯诚[8]感，非因刻像然[9]。

【注释】

1. 丁兰：相传为东汉人，幼年丧父。　2. 刻木为母像：用木头刻成母亲的模样。　3. 事之如生：对待木像就像对待母亲一样恭敬。　4. 兰妇：丁兰的妻子。　5. 应时：当时。　6. 发落如割：（丁兰妻子的）头发自行脱落，如同被刀割断一样。　7. 皎皎：比喻丁兰对母亲的孝思如同明月一般纯净。　8. 纯诚：诚挚、真诚。　9. 然：缘故。

【解读】

这首诗讲的是东汉孝子丁兰在母亲去世后刻木尽孝的故事。《初学记》《太平御览》均有相关记载。

丁兰是东汉时期有名的孝子。现在各地所流传的丁兰尽孝的故事很多，有十几个版本，故事大同小异。大致是说丁兰幼年丧父，跟随母亲长大成人。丁兰对母亲极为孝顺，被乡里称赞。母亲去世后，丁兰非常悲痛，因为过于思念母亲，就按照母亲生前的样子刻成木像，供奉在家中，每日早晚问安，就像母亲活着的时候一样。

时间一长，虽然丁兰对母亲的感情如故，但妻子却难免有些懈怠，总觉得对一个木像如此恭敬有些不值得。有一次，妻子不小心用油灯烧着了木像的面颊，丁兰大惊，赶紧将火扑灭。这时，妻子的头发突然自动断落，断发处如同刀割一般整齐。妻子吓得赶紧跪下，哭诉自己无心之过，请婆婆在天之灵不要怪罪。丁兰也告诫她以后要恭敬地对待母亲的木像，不可懈怠。

这就是丁兰“刻木事亲”的故事，在民间流传很广。实际上是强调祭祀亲人时的虔诚和敬畏，久而久之，带上了神异的色彩。

第三十四　田　叔[1]

序：景帝[2]令案[3]梁事[4]，还曰："有之[5]……无以梁事为问也。太后食不甘味[6]，此忧在陛下[7]。"

诗：勿以梁事问，将遗[8]太后忧。若非叔长者[9]，谁为帝忠谋。

【注释】

1. 田叔：西汉人，祖上为战国时期齐国田氏。　2. 景帝：刘启，汉武帝刘彻的父亲。　3. 案：调查。　4. 梁事：指梁孝王刘武派刺客暗杀大夫袁盎一事。　5. 有之：意谓暗杀一事属实。　6. 太后食不甘味：窦太后听说景帝调查梁孝王谋反一事，担心兄弟相残，故而寝食不安。　7. 此忧在陛下：意思是劝景帝不要再过问梁王一事了。　8. 遗：留下，造成。　9. 长者：这里指田叔。

【解读】

这首诗讲的是西汉田叔劝汉景帝行孝的故事，出自《汉书·田叔传》。

汉代统治者主张以"孝"治天下，因此汉代帝王，除汉高祖刘邦、光武帝刘秀外，其余帝王的谥号上均加一"孝"字，如汉景帝谥"孝景"，汉武帝谥"孝武"。

汉文帝死后，其长子刘启继位，是为汉景帝。次子刘武，封为梁王。当时景帝废掉了太子刘荣，嗣君之位出现空缺。窦太后宠溺梁王，便有意让景帝立梁王为储君，但许多大臣认为景帝尚有其他子嗣，废子立弟不妥。大夫袁盎等人便联名上书，暗示景帝勿立梁王为储君。梁王因此对袁盎等人怀恨在心，竟然派刺客前去暗杀。袁盎被刺身死，引起景帝的震怒，便派田叔前往梁国调查。田叔认为，如果按照大汉律法，梁王当处死；但处死梁王，手足相残，窦太后必定会伤心悲痛。景帝虽为帝王，但仍是窦太后之子。为人子而让母亲伤心悲痛，这是不孝。

田叔从孝道出发，想调和景帝、梁王和窦太后三者之间的矛盾，使景帝避免陷入“不孝”的尴尬境地。同时，田叔的考虑又不仅仅限于孝道。当时的西汉王朝正处于内忧外患之中，外有匈奴不断侵扰，内有诸侯势力膨胀，造成对皇权的威胁。梁王作为地方诸侯，竟敢擅杀朝廷大臣，当时诸侯的势力可见一斑，而且以窦太后为首的外戚势力在朝中的影响力很大，如果因为处罚梁王而导致太后对景帝不满，对景帝的帝位稳固也不利。在这种形势之下，如何处置梁王，成为一件极为敏感的政治事件，也非常考验景帝的为政智慧。

所以，田叔以孝道名义提出对梁王宽大处理，也是暗示景帝不可因小失大，意气用事，一定要妥善处理好与太后的关系。一则不让母子亲情出现裂痕，二则在非常时期，一切要以稳定为大局。最后，在田叔的平衡下，梁王乘布车入长安，负荆请罪，景帝对他的过错也不再追究。

景帝虽贵为帝王，但与普通人一样亦为人子。当权位与亲情发生矛盾时，该如何抉择？与普通人相比，他要更为慎重。帝王之孝不仅仅是个人的道德要求，更关系到政权稳固、社稷安危。

第三十五　石　建[1]

序：建为郎中令[2]，已老白首[3]，每归洗沐[4]，即窃取父奋中裙[5]，亲自浣涤[6]，不令父知[7]。

诗：服劳[8]曾是孝，那更委[9]诸人。建已老白首，中裙涤必亲[10]。

【注释】

1. 石建：西汉大臣，名臣石奋之子。　2. 郎中令：汉代官职名，主要掌管宫廷护卫。　3. 白首：白头，石建当时年逾六旬，已属高龄了。　4. 洗沐：指官员的休假。汉代官员每隔五日可休假一天。　5. 中裙：即内衣。　6. 浣涤：洗涤。　7. 不令父知：不让父亲知道。　8. 服劳："弟子服其劳"的省语，出自《论语·为政》，即子女为长辈服务。　9. 委：委托。　10. 亲：亲自动手。

【解读】

这首诗讲的是西汉名臣石建年逾六旬，依然亲自为父亲洗衣的故事。事迹详见《史记·万石张叔列传》。

西汉时期的石家是一个具有传奇色彩的家族。石家的祖上是战国时期的赵国人，后来赵国灭亡了，家族移居到温县居住。汉高祖刘邦与西楚霸王项羽争天下时，曾路过温县。石奋当时年仅十五，在温县作小吏，伺候高祖起居。高祖见他态度恭敬，就问起他的家庭情况。石奋据实相告，说家中只有老母在堂，眼睛已经失明，还有一个姐姐，有些才艺，会弹琴唱歌。高祖就问他是否愿意跟随自己。石奋回答，小人孤苦，幸遇大王赏识，愿意追随左右。

就这样，石奋投奔了汉高祖刘邦，成为贴身近侍。刘邦又纳其姐姐为美人（汉代后宫嫔妃的官阶），对石家十分宠幸。后来，刘邦打败项羽，夺得了天下，建立汉朝，石奋也因功升官至太中大夫。石奋虽然没什么过人的才华，但对皇帝忠心耿耿，为人恭谨无比，在朝野上下口碑都很不错。到了汉文帝时，石奋升为太子太傅，景帝时，加为九卿，宠冠群臣。

石奋有四个儿子，长子石建，次子石甲，三子石乙，四子石庆。石家家教严格，四个儿子都秉承了父亲严格恭谨的品行，为人正派，孝敬父母，名声远播。后来，四个儿子都官至二千石，再加上石奋自己也是二千石，父子俸禄一共是一万石，所以当时人称石奋为“万石君”。石建是石奋的长子，自幼受到的家教也最为严格。对父母尤其孝顺。石建六十多岁的时候，被朝廷任命为郎中令，是皇帝身边的高级官员。即便如此，他每次回家休假，都要恭敬地到父亲石奋面前问安，丝毫不敢懈怠。不仅如此，他还亲自浣洗父亲的衣服，再偷偷地放回去，不让父亲知道。

父母是子女最好的老师，父母的一言一行，都被子女看在眼里，记在心里，久而久之，子女就养成了相应的习惯。石奋为人恭谨端庄，子孙也都是如此。虽然石家出身低微，但通过自身的品德修为，赢得了人们的尊重，也取得了极高的社会地位。

第三十六　司马迁[1]

序：父谈[2]执手泣曰："毋忘吾所论著[3]。"卒三岁[4]，迁为太史[5]，紬[6]石室金匮[7]之书。

诗：悲哉执手泣，论著谨毋忘。岂识迁它日，能紬石室藏。

【注释】

1. 司马迁：西汉著名的文学家、史学家。　2. 父谈：司马迁之父司马谈，曾任太史令。　3. 论著：即司马谈计划撰写的《史记》。　4. 卒三岁：（司马谈）去世后三年。　5. 太史：太史令，是掌管天文、历法、星象、占卜等事务的官员。　6. 紬（chōu）：缀集、整理。　7. 石室金匮：古代保管重要图书档案的地方，又作金匮石室。金匮，用金属封缄的柜子；石室，用石头修筑的房子。

【解读】

这首诗讲的是西汉历史学家、文学家司马迁以继承父志为孝道的故事。事迹详见《史记·太史公自序》和《汉书·司马迁传》。

司马迁的父亲司马谈在汉武帝时任太史令，曾计划撰写《史记》，但因身体原因未能完成。他在弥留之际，将儿子司马迁唤到床前，嘱咐他说："我们这个家族，自从周代就担任朝廷的太史令，一直到今天。太史令负责修撰国史，这是职责所在，不可怠慢。我死后，朝廷一定会任命你继续担任太史令，到那时，你可要继承我的事业，把《史记》完成。完成我的遗志，就算你尽孝了。你若能完成我的遗愿，扬名后世，就是我最大的欣慰了！”司马迁含泪答应了父亲的嘱托。

司马谈去世后三年，司马迁被任命为太史令，他按照父亲的遗愿，继续撰写《史记》。他青年时期曾在父亲的鼓励和支持下，游遍名山大川，到处寻访逸闻旧史，积累了大量的宝贵资料，这为他编写《史记》打下了良好的基础。

汉武帝天汉二年（公元前99年），汉将李陵出征匈奴，率五千步兵与八万匈奴战于浚稽山，最后因寡不敌众兵败投降。消息传到长安，朝野震惊。武帝大怒，欲将李陵满门抄斩。面对满朝官员一边倒地攻击李陵，司马迁却上表进谏，认为李陵寡不敌众，兵败投降，很可能是权宜之计，之后应会寻找机会报效汉朝。但随后传来的消息称，李陵已经在为匈奴练兵，伺机反击汉军。武帝最终还是夷灭了李陵三族（父族、母族、妻族），司马迁也因为之前替李陵辩解，受到牵连，被判以斩首的极刑。按照汉代制度，判以死刑者，可花钱赎罪以免死，或处以腐刑以免死。面对即将遭受的死刑，司马迁进行了激烈的思想斗争。他不是贪生怕死之辈，但一想到《史记》尚未完成，父亲的遗志还未实现，心中不忍。为此，他自愿接受腐刑，以赎死罪。

武帝同意了这一请求。于是，司马迁被处以腐刑。所谓腐刑，也称宫刑，是一种以切除男子生殖器为惩罚手段的残酷刑罚。这对于一个男人而言，是一种极大的屈辱。司马迁为了自己的理想和信念，为了完成父辈的遗愿，忍辱负重，顶着极大的身心压力，终于完成了《史记》这一史学巨著。

《史记》是我国第一部纪传体通史，上起三皇五帝，下至汉武之世，时间跨度三千年，共一百三十篇，五十二万六千五百余字，字字饱含着司马迁的心血。鲁迅先生称赞《史记》为“史家之绝唱，无韵之离骚”。

孔子曾说过：“三年无改于父之道，可谓孝矣。”司马迁用毕生的心血，完成了父亲的遗愿，也实现了自己的理想，为后人留下了一笔宝贵的精神财富。司马迁的一生都在坚守道义。他在父亲临终之际接受遗命，这是尽孝；他不辞辛劳，游遍名山大川，遍寻故老遗迹，这是尽职；不顾危险，冒死上书替李陵申辩，这是尽责；惨遭毒刑，忍辱负重，撰成《史记》，这也是尽孝。司马迁以尽孝始，以尽孝终，所谓善始善终，大概说的就是这样的人吧。

第三十七　霍去病[1]

序：县吏仲孺[2]私生，以骠骑[3]击匈奴[4]，过平阳[5]，拜仲孺曰："不知为大人遗体[6]。"

诗：不早知此体，元来[7]托大人。低头拜县吏，谁似霍将军。

【注释】

1. 霍去病：西汉中期著名的军事家，名将卫青的外甥，以抗击匈奴著称。　2. 仲孺：即霍仲孺，霍去病的亲生父亲。　3. 骠骑：即骠骑大将军，汉代的高级将领。　4. 匈奴：中国古代北方少数民族，在秦汉时期曾昌盛一时，经常侵扰北方边境。　5. 平阳：今山西临汾。　6. 遗体：身体，这里指亲生子。　7. 元来：原来。

【解读】

这首诗讲的是西汉名将霍去病不以贵贱为念，拜认亲生父亲的故事。事迹见《汉书·霍光金日磾传》

霍去病是西汉名将，他的生父是平阳县的一名小吏霍仲孺。起初，霍仲孺与平阳公主府中的一名侍女少儿产生了感情，两人经常私下往来。不久，少儿有孕，生下霍去病。因私通奴婢有罪，霍仲孺不敢承认自己是霍去病的父亲。

霍去病的母亲少儿，是后来的大将军卫青的姐姐。不过，当时卫青只是平阳公主府里的一名骑奴。卫青还有一个同母异父的姐姐，名叫卫子夫，深受平阳公主的宠信。后来，卫子夫被汉武帝纳入宫中为妃，卫青才得以出人头地。霍去病长大成人后，在舅舅卫青的提携下，逐步成长为一名优秀的将领，因抗击匈奴立下大功，官至骠骑大将军。

一次偶然的机会，霍去病知道了自己的身世，就赶往平阳，找到霍仲孺，跪拜在地，哭泣道："儿子不知道亲生父亲，无法尽孝，请父亲大人恕罪！"父子相认，抱头痛哭。霍去病为父亲购置房产，还将异母弟霍光带回长安发展。

古代社会等级森严，贵贱分明。霍去病贵为骠骑大将军，又是皇亲国戚，在得知亲生父亲的真实身份后，却没有丝毫顾忌，从容前往认父，这在当时是需要很大的勇气的。

霍去病未满十八岁便随卫青出征匈奴，初次出战，便敢于率轻骑八百人疾驰数百里，深入敌后偷袭敌军，竟然大获全胜。汉武帝得知后，大喜过望，下旨赐封霍去病为"冠军侯"，意思是"勇冠三军"！第二次出征，霍去病单独率骁骑一万人，在短短六天，奔袭千里，转战匈奴五国，杀折兰王，斩卢侯王，抓获浑邪王子及相国、都尉，歼敌八千余人，又立下奇功。

霍去病不仅胆略过人，而且思想开明，不拘泥于惯例，敢于打破一切常规，实属一代军事奇才。他是一位有着大气魄、大格局的奇男子、伟丈夫，所以平阳认父的举动，也就不足为奇了。

第三十八　贡　禹[1]

序：上疏曰："悖逆者[2]贵于官[3]，故俗[4]皆曰'何以孝弟[5]'，为今宜贵孝弟，则天下自治[6]。"

诗：安用孝与弟，今人悖得官。一闻阳[7]在位，自是合弹冠[8]。

【注释】

1. 贡禹：字少翁，西汉人。　2. 悖逆者：违背人伦天理的人，这里指不孝者。　3. 贵于官：即"做高官"的意思。　4. 俗：世俗。　5. 孝弟：即"孝悌"。　6. 自治：即无为而治。
7. 阳：指汉代的王吉，字子阳，贡禹的同乡好友。　8. 弹冠：原指一个人做了官，其同道中人便弹去帽子上的灰尘，也准备做官。

【解读】

这首诗讲的是汉代的贡禹主张以孝治天下的故事，见于《汉书·贡禹传》。

贡禹，是西汉时期著名的政治家，屡次上书给汉元帝，主张轻徭薄赋，裁减冗员，节省开支，为汉元帝时期的政治稳定和经济发展做出了重要的贡献。

贡禹认为，当下社会风气不好，主要是皇室贵族崇尚奢侈，违背古制，上行下效，导致世风日下，民怨沸腾。皇帝应该以身作则，缩减宫廷开支，厉行节俭。崇尚孝悌，任命忠臣孝子为官，则民间自然会重视孝悌，社会风气就会得到改善，这样，就可达到无为而治的目的。汉元帝对贡禹的建议非常重视，大都予以采纳，并颁布法令推行。

在古代帝制时代，统治者的个人喜好对社会风气的影响很大。春秋时期，楚国国君楚灵王喜欢细腰，因此有些想讨好灵王的宫女为了达到纤细模样，每天只敢吃一顿饭，要深吸一口气才能系得上腰带，扶着墙才能站起身来，因此很多宫女竟然活活饿死了。故有古诗云："楚王好细腰，宫中多饿死。"这就是为了讨得君王的欢心而刻意为之的谄媚行为。所以韩非子告诫道："君无见（现）其欲。"即君王不要随便显露出自己的欲望和喜好，因为一旦如此，一些投机钻营之人便会投其所好，败坏风气。

反过来说，如果君主致力于孝悌之道，那么民众自然也会随之移风易俗。孔子说："君子之德风，小人之德草。草上之风必偃。"君王的作风就像风一样，老百姓的行为就像草一样，风向哪边吹，草往哪边倒。因此榜样的力量是无穷的，关键在于如何树立。

第三十九　王　式[1]

序：曰："臣以《诗》[2]朝夕授王[3]，至于忠臣孝子之篇，未尝不流涕[4]，反复为王陈诵[5]也。"

诗：三百五篇内，凡言忠孝人。未尝不流涕，反复为王陈。

【注释】

1. 王式：字翁思，西汉儒士，曾任昌邑王刘贺的老师。　2.《诗》：指《诗经》。　3. 授王：向昌邑王传授。　4. 未尝不流涕：没有一次不流泪的。　5. 陈诵：陈述诵读。

【解读】

这首诗讲的是西汉儒士王式用《诗经》向昌邑王宣讲忠孝之道的故事。本事出自《汉书·儒林传》。

王式是西汉的一名博学儒士，曾担任昌邑王刘贺的老师。汉昭帝死后，因为没有子嗣，当时的大将军霍光（霍去病的弟弟）主张立昌邑王刘贺为帝。昌邑王刘贺品行恶劣、放纵无度，名声很不好，但刘贺的父亲刘髆是汉武帝的第五子，刘贺是汉武帝的嫡孙，由他来继承帝位，合乎当时的宗法制度。

刘贺即位以后，不但没有收敛本性，反而变本加厉，越发荒淫无度。即位二十七天，每天不理朝政，只知与宫人饮酒作乐、斗鸡走狗。霍光大怒，便奏请皇太后，下诏将其废掉，重新贬为昌邑王，不久后又贬为海昏侯。刘贺被废后，他的下属也因辅佐不力的罪名相继被诛杀，王式就在其中。临刑前，有司官员讯问王式："你身为昌邑王的老师，为什么平时对他的荒唐行为不加以劝谏？"王式从容言道："我身为昌邑王的老师，每日里向他传授《诗经》，凡是遇到有关忠臣孝子的内容，无不感慨流泪，反复为昌邑王陈述念诵，希望能对他有所帮助。这就是我对昌邑王的劝谏啊！"有司官员听后，觉得王式说得很有道理，就改判他无罪，释放他回家。

《诗经》是儒家经典之一，汉武帝"罢黜百家，独尊儒术"后，《诗经》成为汉代国家意识形态的载体。《诗大序》上说："上以风化下，下以风刺上，主文而谲谏，言之者无罪，闻之者足以戒。"所谓"谲谏"，就是委婉地劝谏。孔子说："诗三百，一言以蔽之，曰：思无邪。"孔子认为，《诗经》三百篇，表达的思想非常纯正，都出于真性情。因此，以诗为谏，古已有之。帝制时代的君王掌握着生杀大权，喜怒无常，如果直言进谏，恐怕进谏者性命不保。臣下以诗为谏，委婉讽喻，也是一种不得已的方式。

第四十　扬　子[1]

序：不可得而久者[2]，父母之谓也。是故孝子爱日[3]。

诗：不可得而久，其惟父母乎。谆谆[4]爱日语，扬氏岂欺予[5]？

【注释】

1. 扬子：即扬雄，字子云，汉代著名思想家、文学家。　2. 不可得而久者：不能长期存在的。　3. 孝子爱日：孝子要珍稀时光。日，这里指时间，时光。　4. 谆谆：再三叮嘱的样子。　5. 岂欺予：难道能欺骗我吗？予，我。

【解读】

这首诗讲的是西汉文学家扬雄关于孝道的见解。扬雄认为孝子应该珍惜时光，珍惜与父母相处的每一刻。本事出自《法言·孝至》。

作家三毛曾经写道："我们多活一天，与父母的相处便少了一天。一日日地积累，组成了我们的人生，却缩减了父母在世上的日子。"光阴似箭，日月如梭。我们慢慢长大、成熟，父母也垂垂老矣。其实，尽孝是一件紧迫的事情。当在外工作的儿女，纠结过年时到底要不要回一趟家时，父母又老了一年。

汉代的扬雄认为，人的生命和形体都是天地赋予的，而父母就好比是子女的天和地。司马迁在《屈原贾生列传》中写道："夫天者，人之始也；父母者，人之本也。人穷则反本，故劳苦倦极，未尝不呼天也；疾痛惨怛，未尝不呼父母也。"他认为父母是人立身处世的根本，人在穷途末路时就会回归根本去寻找依赖和寄托。所以，人往往在痛苦不堪时，就会呼唤父母。子女与父母的情感，是一种出自天然的、血浓于水的联系。在子女心中，父母能够随时为自己撑起一片天空，庇护自己躲避一切危险和灾难。有句话说得伤感而真实：父母在，人生尚有来处；父母去，人生只剩归途。一旦父母去世，子女都会感到头上的这片挡风遮雨的天空，一下子垮塌、消失了，永远不可能重现了。

子欲养而亲不待。珍惜时间，珍惜当下，珍惜与父母相处的时光。

第四十一　邓　禹[1]

序：事母至孝，云台[2]功臣之次[3]，禹为第一。

诗：功臣三十二[4]，佩剑蔼[5]云台。第一人知否，曾为孝母来。

【注释】

1. 邓禹：字仲华，东汉开国元勋，著名军事家。　2. 云台：又名云台阁，是东汉光武帝时召集群臣议事的场所。　3. 次：位次，排序。　4. 功臣三十二：汉明帝时，命人为追随刘秀的名将、功臣画像，一共是三十二位。　5. 蔼：形容功臣众多。

【解读】

这首诗讲的是东汉开国元勋邓禹孝顺母亲的故事。

邓禹，字仲华，南阳新野人。他在少年时即显示出过人的聪慧，年仅十三岁，就能诵读《诗经》。他独自到长安游学，当时刘秀也在长安，邓禹认定刘秀不简单，日后必成大事，故而对刘秀倍加亲近，两人成了很要好的朋友。后来，王莽篡位，天下大乱，刘秀起兵南阳，逐鹿天下。邓禹背着干粮，徒步来到河北，追随刘秀，屡建奇功，深得刘秀的信任。东汉建立后，邓禹因功被封为高密侯。

邓禹侍奉母亲极为孝顺，虽然官高爵显，但在母亲面前依然唯命是从。邓禹深知功名富贵不可长久的道理，治家极为严谨。他有十三个儿子，他从小就教育他们要自力更生，并命他们每人都要学习一门手艺，以备将来富贵不再，可以养家糊口。

光武帝刘秀即位之后，曾颁发一道诏书，表彰邓禹的功勋。他说："（邓禹）深执忠孝，与朕谋谟帷幄，决胜千里。孔子曰：'自吾有回，门人日亲。'斩将破军，平定山西，功效尤著。"（《后汉书·邓寇列传》）其中，"自我有回，门人日亲"是孔子评价弟子颜回的话，意思是说自从我有了颜回这个弟子，门人之间的关系就日益亲密了。颜回是孔子最得意的门生，他勤奋好学，能举一反三，并甘于贫困，自得其乐。刘秀把邓禹看作与孔门弟子颜回相当的人物，可见对他非常倚重。汉明帝刘庄对邓禹也极为尊重，拜他为太傅，在邓禹生病时，还亲自到家中看望他。邓禹去世后，明帝追思先帝功业，特命人将邓禹等三十二位功臣的画像悬挂在南宫云台阁，邓禹列为第一。

第四十二　孔　奋[1]

序：奉母[2]极求珍膳[3]，躬率[4]妻子[5]，同甘[6]菜茹，为时人所笑，以身处脂膏[7]不能自润[8]。

诗：甘同妻菜茹，极奉母珍羞。一任时人笑，脂膏不自谋。

【注释】

1. 孔奋：字君鱼，东汉人，孔子的第十五世孙。　2. 奉母：奉养母亲。　3. 珍膳：美味可口的食物。　4. 躬率：亲自带领。　5. 妻子：妻子儿女。　6. 甘：以……味美。　7. 脂膏：指物质丰厚。　9. 自润：指自我享受。

【解读】

这首诗讲的是东汉孔奋孝敬母亲的故事，本事见于《后汉书·孔奋传》。

孔奋是孔子的嫡系后代，秉承了圣人的德行。孔奋少年时，曾经拜当时的名臣刘歆为师，学习《春秋左氏传》。刘歆对孔奋十分推崇，常常对别人说："孔奋是一个值得学习的人，我从他那里也学到了很多东西。"

西汉末年，王莽作乱。孔奋带着母亲和年幼的弟弟到河西一带躲避兵乱，虽然条件艰苦，但孔奋侍奉母亲，照顾弟弟，没有丝毫怠慢。建武五年，大将军窦融听说孔奋的名声，特地请他担任姑臧（今甘肃武威）的长官。不久，孔奋就被朝廷封为关内侯。

当时，姑臧是中原通向西域的交通要道，也是重要的商业中心。所以，姑臧的长官是一个“肥缺”。以往在姑臧地区做过官的人，很快就会家财丰厚，但孔奋在姑臧做官四年，为官十分清廉，家财没有分毫增加。

虽然孔奋为官清廉，俸禄有限，但他奉养母亲却十分“奢侈”。他自己生活俭朴，却尽可能为母亲提供最好的生活条件。他与妻子儿女一道，仅以粗粮蔬菜为食。为此，常常有人笑话孔奋，说他身在福中不知福，简直是自讨苦吃，但孔奋泰然处之，丝毫不为所动。太守梁统对孔奋的品行非常敬重，不把他当作下属对待，每次孔奋来访，他都是亲自站在门口迎接，还把孔奋引见给自己的母亲，如同家人一样亲近。

孔奋的行为，可以称得上是真正的“孝廉”。孝廉是汉代察举制度的一个科目，意为“孝顺亲长，廉能正直”。在东汉，成为“孝廉”是很多士人入仕做官的必经之路，但是因为当时的察举制度多为世家大族所垄断，失去了公平和公正，所举荐的“孝廉”大都是世家纨绔子弟。这些人整天游手好闲，不学无术，却被推举为孝廉。这种现象引起了民众的愤怒，于是编造出童谣来讥刺道：“举秀才，不知书，举孝廉，父别居。”意思是说，被举荐为秀才的人，却没有读过什么书；被举荐为孝廉的人，却和父母分家居住，对父母不闻不问。孔奋这样真正的“孝廉”，确实为时人做了一个表率。

第四十三　古　初[1]

序：郅恽[2]为长沙太守[3]。长沙有孝子古初，恽即以为举首[4]。

诗：长沙有孝子，姓字死犹香[5]。料得郡举首，他无人敢当。

【注释】

1. 古初：字元亨，东汉人，以孝道著称。　2. 郅恽：字君章，东汉名臣。　3. 太守：汉代官职，一郡中的最高长官。　4. 举首：推举为第一。东汉选拔人才施行察举制，即士人须由中央或地方官员推荐才能做官。　5. 死犹香：（他的姓名）即使在死后依然被人所铭记。

【解读】

这首诗讲的是东汉郅恽对长沙孝子古初进行表彰的故事。事迹详见《后汉书·郅恽传》。

郅恽是东汉名臣，博学多识，为人正直清廉，体恤百姓，尤其喜好奖掖人才。他担任长沙太守时，听说本地有一位读书人，名叫古初，家境贫寒，但十分孝顺。据说古初父亲去世后，棺柩停在家中尚未安葬，不幸遇上邻居家失火，火势蔓延，烧到了古初家中。古初见火势很急，而棺柩沉重，自己无力搬出，这时街坊邻居都在救火，一时也无人帮忙，眼看大火就要把父亲的棺柩吞没，古初急得大哭，不顾一切，上前扑在棺柩之上，用身体将其护住。说来奇怪，这时火势突然变弱了，风向也变了，古初一看父亲的棺柩暂时脱离了危险，赶紧爬下来找水救火。经过一夜的扑救，大火终于被扑灭，古初父亲的棺木也得以保全。

郅恽听说此事后，暗暗称奇，同时也被古初的孝行深深感动。恰逢朝廷下令各州郡举荐人才，郅恽就把古初的名字列入推荐名单，并标为第一。

父母虽然已经去世，但子女对待其遗体依然不能有丝毫不敬。古人讲究“入土为安”，以土葬为尚，倘若遗体被大火焚毁，无法正常下葬，也属于大不敬，对孝子而言，也是不幸的。

第四十四　江　革[1]

序：负母逃难[2]，数为盗劫去[3]，辄求哀得免[4]，后归乡里，每自为母挽车，时称巨孝。

诗：挽车极劳苦，逃贼最间关[5]。太息[6]江巨孝，能为人所难[7]。

【注释】

1. 江革：字次翁，东汉人，以孝道著称。　2. 负母逃难：指背着母亲逃难。负，背着。　3. 数为盗劫去：屡次被盗贼劫掠而去。　4. 辄求哀得免：总是哀求放过自己。　5. 间关：形容旅途的艰辛。　6. 太息：叹息。　7. 能为人所难：能做到别人做不到的。

【解读】

这首诗讲的是东汉江革在乱世之中背着母亲逃难的故事。事迹详见《后汉书·江革传》。

江革幼年丧父，与母亲相依为命。西汉末年，王莽作乱，战火四起，百姓流离失所。为了躲避战乱，江革与母亲不得不背井离乡，四处逃难。母亲年老体衰，无法行走，江革便背着老母赶路。一路之上，备尝艰辛。由于食物短缺，母子二人只能以草根树皮为食。除此之外，最大的危险就来自于沿路的强盗。

当时战乱四起，强盗横行。在逃难的路上，江革常常遭遇强盗的打劫，有的还想把他劫去入伙。每次江革都是苦苦哀求，诉说自己背负老母逃难的艰辛，恳请放过自己。乱世中的强盗也多是穷苦人出身，看着江革衣衫褴褛，食不果腹，还要尽心照顾老母亲，不由得触动恻隐之心，不仅不忍加害他，而且还给他指明道路，让他避开军队或其他强盗。

后来，光武帝刘秀统一全国，建立了东汉政权。国家局势日渐稳定，江革也结束了逃难的生涯，背着老母亲，辗转返回了家乡，继续种田务农，赡养母亲。虽然衣食依旧短缺，但江革依然把最好的东西留给母亲，确保让母亲吃饱穿暖。

数年后，母亲去世了，江革十分悲痛，在庐墓前守了三年，三年过后也不愿脱下孝服。乡里父老都很感动，称他为“江巨孝”。朝廷听说之后，下令褒奖，封他为官，官至五官中郎将，后转拜谏议大夫。每次上朝，天子都特意让虎贲武士扶侍江革，以示优待。

江革出身贫寒，即使做官之后也保持着俭朴的生活习惯，而且洁身自好，不随意结交权贵，不参与争权夺利的官场斗争。汉章帝对他十分敬重，常对人讲：“孝道，是应该首先遵行的品格，也是所有善行善德的开始。朕每每想到这方面的人才，没有一次不想到江革的。”江革退休之后，汉章帝下令地方官吏每年按时前去慰问他，直到江革去世。

第四十五　蔡　顺[1]

序：拾葚[2]，黑者奉母[3]。母思顺[4]，心动弃薪还[5]。伏母棺，火越它舍[6]。母畏雷震，辄圜[7]墓。

诗：贼[8]疑拾葚异，母怪弃薪还。雷震辄圜墓，火飞因伏棺。

【注释】

1. 蔡顺：字君仲，东汉人。　2. 葚：桑葚，桑树的果实。
3. 黑者奉母：指蔡顺把黑色的成熟桑葚给母亲吃。　4. 母思顺：母亲想念蔡顺。　5. 心动弃薪还：心中有所触动，放下柴薪赶回家。　6. 火越它舍：大火绕过（母亲的棺柩）烧到其他家去了。
7. 圜，环绕。　8. 贼：指西汉末年的赤眉起义军。

【解读】

这首诗讲的是东汉的蔡顺孝敬母亲的故事。事迹见《东观汉记》《后汉书·周磐传》等。

蔡顺是东汉时期的著名孝子。他幼年丧父，与母亲相依为命。他家中十分贫寒，为了糊口度日，他不得不经常到野外采摘些野菜野果充饥。每逢桑葚成熟时，蔡顺都要拿着竹竿去打桑葚，再收集起来带回家给母亲吃，改善一下生活。

当时正值西汉末年，天下大乱，各路义军蜂起，战火连绵不断。有一次，蔡顺外出拾桑葚时遇上了赤眉军。起义军将领见蔡顺将红、黑两色桑葚分别放置，感到很奇怪，就问他其中的缘故。蔡顺答道："红色的自己吃，黑色的留给母亲。"原来桑葚红的味酸，黑的味甜，所以蔡顺特意将黑色桑葚留起来给母亲吃。起义军将领大为感动，念其为孝子，就送给他一些粮食，让他带回家去奉养母亲。

蔡顺和母亲感情很深，心心相通。每次蔡顺外出砍柴，母亲心中若对儿子有所思念，蔡顺马上就能感应得到，他便会放下柴火赶回家，倘若无事，再返回取柴。后因贫病交加，蔡顺的母亲去世了。停灵期间，碰巧邻居家失火，眼看着大火就要蔓延烧到母亲的棺材上，蔡顺无法，只好趴在棺上大哭，没想到大火却绕道烧到下一家去了。这件事情很是奇异，乡里父老都说蔡顺是大孝子，感动了上天，才免去了火灾。蔡顺安葬母亲后，因念及母亲生前害怕打雷，每次遇到雷雨天气，他就跑到坟墓前安慰母亲，口中还说道："儿子在此，母亲勿怕。"当地的太守听说了蔡顺的事迹后，很是感动，有意征召他做东阁祭酒，后来又推举他为孝廉。蔡顺一一推辞了，他没有出去做官，而是留在家中耕田种地，终老一生。

蔡顺的事迹与古初很相似，都是因为孝行而引发神异事件。水火无情，不可能因为人的意志而发生改变，这是人们的附会，反映了人们对美好孝行的认可。蔡顺对去世母亲的思念和孝心，也是"事死如事生"的孝道体现。更难能可贵的是，蔡顺有自知之明，心知自己并没有从政的才能，因此推辞了太守的征召。这种淡泊名利的高风亮节，更是与当时一些借孝道之名而行沽名钓誉之实的人迥然不同。

第四十六　廉　范[1]

序：年十五，与客[2]自蜀[3]步负亲丧[4]归京兆[5]，后为蜀守[6]。民歌曰："平生无襦今五裤[7]。"

诗：亲丧徒步负，万里历岷峨[8]。何事今人说，惟知襦裤歌。

【注释】

1. 廉范：字叔度，东汉人，战国时赵国名将廉颇的后代。
2. 客：廉范的同伴，可能是其友人或仆人。
3. 蜀：东汉蜀郡，今四川境内。
4. 步负亲丧：徒步护送着父亲的灵柩（返乡）。
5. 京兆：指长安地区，今陕西西安一带。
6. 守：太守。
7. 襦、裤：泛指衣服。襦，短衣。裤，裤。
8. 岷峨：岷山和峨眉山。

【解读】

这首诗讲的是东汉的孝子廉范不远千里护送父亲灵柩返乡的故事。事迹见《后汉书·廉范传》。

廉范，是战国名将廉颇之后，祖父辈都曾在朝为官。廉范的父亲廉丹曾在蜀郡为官。廉范少年时随父亲游宦，后遭王莽之乱，廉父不幸死于战乱。廉范幼年丧父，只得随家人流寓四川。直到光武帝刘秀平定天下，廉范才返回故乡陕西。

古人讲求叶落归根。廉范的父亲在蜀郡去世，按照传统，需将棺木迁回家乡安葬。于是廉范在十五岁那年，辞别了母亲，寻了一位同伴，前往蜀郡迎回父亲的灵柩。当时蜀郡太守张穆，是廉丹以前的属下，听说这件事后，非常重视，特意备了一份厚礼送给廉范，想作为他返乡的资助，但廉范认为这件事应该亲力亲为，不应该接受别人的资助，就婉言谢绝了张穆的好意。

蜀道难，难于上青天。四川多山地，地势险要，道路崎岖，廉范带着父亲的灵柩，历尽艰辛。途中走水路时，所乘船只不幸撞上礁石，灵柩沉没入水。廉范不忍放弃父亲的灵柩，于是抱着棺木一起沉入水中。同船客人都很感动，就用杆子在水中搜寻，将廉范和廉父的棺木一同打捞出来。经过抢救，廉范才保住了性命。太守张穆听说了廉范落水的消息，大惊，连忙派人赶去帮忙，再一次提出资助，但廉范又一次婉言拒绝。张穆见他如此坚持，也就不再勉强。最终，廉范历尽艰辛，将父亲的灵柩带回了家乡安葬，让父亲魂归故里。

后来，廉范被征召做官，数年后被任命为蜀郡太守。他在任期间，注意发展农业生产，鼓励耕织，办事公正，深得民心。当地百姓为了纪念他，还编出了歌谣广泛传唱："廉叔度啊廉叔度，人们靠你得富足，以前没有衣服穿，现在人人五条裤。"

孝亲之义，贵在亲力亲为。廉范千里护送父亲灵柩的行为，也许不适合追求高效和快捷的现代人仿效，但却值得人们深思。

第四十七　黄　香[1]

序：事父竭力致养，暑则扇枕[2]，寒则以身暖席，京师号曰：“天下无双，江夏[3]黄香。”

诗：冬月常温席，炎天每扇床。如何汉天下，只有一黄香。

【注释】

1. 黄香：字文强，东汉著名孝子。　2. 扇枕：用扇子把枕席扇凉。　3. 江夏：东汉时期江夏郡，今属湖北武汉。

【解读】

这首诗讲的是东汉孝子黄香孝敬父亲的故事。事迹详见《后汉书·文苑列传上》。

黄香九岁时，母亲不幸病故。幼年的黄香十分悲痛，哀泣不已，被乡里称为孝子。因为失去了母亲的缘故，黄香对父亲非常孝顺，尽心竭力地照顾父亲。夏季天气炎热，晚上睡觉前，黄香要先把枕席扇凉，好让父亲安睡；冬天寒冷，黄香要先钻进被窝把床铺暖热，避免父亲受凉。十二岁时，黄香的孝名就已传遍当地。太守刘护听说后，特意召见黄香，亲切地称他为“门下孝子”，对他十分敬重。

黄香不仅是一位孝子，而且是一位博学多识的才子。他少年时期，就以才华名满京城，人称“天下无双，江夏黄童”。他二十岁时，被朝廷征召为郎中，后累官至尚书令。黄香为官清廉，关注民生，每当发生灾荒，就拿出自己的俸禄来赈济灾民。他的儿子黄琼、孙子黄琬，都官至太尉，也都有很好的名声。

黄香的事迹，反映了古代下层民众的孝亲情况。一冬一夏，往往是老年人难过的关口。在严冬酷暑来临时，黄香采用了最为原始的方式，用自己的身体来为父母降温驱寒。这是贫困孝子的无奈之举，也最易触动人心。《孝经》上说：“谨身节用，以养父母。”孝敬父母，关键在于内心的诚意，而不在于物质的多寡。

孝子不只出在古代。当代的90后大学生程威，出生在湖北襄阳的一个小乡村。他的母亲不幸患了癌症，急需经费治疗。为了给母亲治病，刚刚成年的程威便担起生活的重担。程威背着母亲来到学校，在学校附近租了一间民房，把母亲安顿下来，自己则一边读书，一边打工挣钱。为了给母亲治病，程威不舍得多花一分钱。甚至有时为了节省车费，他能步行几十公里。母亲病危的时候，程威请了长假日夜陪在母亲身边，想用自己的爱，减缓母亲临终前的痛苦。程威对母亲的孝心，淳朴无华，感人肺腑，也体现了当代青年的精神风貌和道德操守。

第四十八　薛　包[1]

序：父娶后妻，憎[2]包，分出[3]之。包号泣，庐[4]于舍外，旦[5]入洒扫。岁余，父母惭而还之。

诗：所惧子不孝，何愁父失慈。涕流分出日，天定感还时。

【注释】

1. 薛包：东汉人，以孝道著称。　2. 憎：憎恶。　3. 出：逐出家门。　4. 庐：搭建草庐。　5. 旦：天亮。

【解读】

这首诗讲的是东汉的孝子薛包与生父、继母相处的故事。事迹详见《后汉书·刘赵淳于江刘周赵列传》。

薛包幼年丧母，跟随父亲长大成人。后来，父亲续弦，薛包有了一位继母。起初，一家人尚且和睦，但时间一长，继母就开始厌恶薛包，并离间薛包父子，致使父亲也对薛包心生不满。最后，父亲竟然将他赶出家门，不再认他。薛包心中凄苦，日夜在门外哭泣，请求父亲的理解和原谅，但由于继母不停地煽动是非，以至于父亲最终拿着棍子将薛包赶出家门。

薛包深知这一切都是继母从中作梗，但他不愿强行辩白，就默默地在家门外搭建了草庐住了下来。每天，薛包早早地起来，偷偷回家，洒扫庭除，收拾家务，被父亲发现后又被赶出去。即便如此，他还是每天坚持。就这样过了一年多，父亲和继母终于感到惭愧，主动迎回了薛包，一家人和好如初。在父亲和继母去世后，薛包依礼分别守孝三年，以尽孝子之道。薛包对父亲和继母之孝心，更多的是仁爱之心和包容之心。

唐代人张公艺，郓州寿张人，享寿99岁，其家族“九世同堂”。张公艺是古代治家有方的典范。他的家族庞大，人数多达九百人，但一直都是和睦相处，没有闹过大的风波。唐高宗李治祭祀泰山，路过寿张，特意前往探望。其间，李治问起张老“九世同堂”而能和睦相处的原因，张老答道：“没有什么特殊的办法，仅以诚意待人，一‘忍’字而已。”

“忍”，不是忍受，而是容忍。《论语》里子贡问孔子：“有没有一个字可以终身奉行的呢？”孔子答道：“如果有的话，那就是‘恕’吧，自己所不愿意接受的，就不要强加给别人。”恕，就是将心比心、宽恕和容忍他人的意思。

与长辈相处，也应该将心比心，“恕”字为先。对父母的过错，要及时规谏，规谏不了的，应该予以忍让。父母子女毕竟血脉相连，心灵相通，相信随着时间的推移，矛盾和误会终会涣然冰释。

第四十九　郭林宗[1]

序：性至孝，范滂[2]称之曰："隐[3]不违亲，贞不绝俗[4]，天子不得臣[5]，诸侯不得友[6]。"

诗：不顺诸侯友，那容天子臣，贞乎宁绝俗，隐也不违亲。

【注释】

1. 郭林宗：即郭泰，字林宗，东汉名士。　2. 范滂：字孟博，东汉名士。　3. 隐：归隐山林，指不做官。　4. 贞不绝俗：洁身自好却不与世俗断绝来往。　5. 天子不得臣：指郭林宗终身未曾出仕做官。　6.诸侯不得友：诸侯不能使郭林宗成为党友。

【解读】

这首诗讲的是东汉名士郭林宗因事亲至孝而广受赞誉的故事。事迹详见《后汉书·郭林宗传》。

郭林宗幼年丧父，家庭非常贫困。他的母亲想让他在县衙里谋个差事，做名小吏，也好养家糊口。郭林宗对此不以为然，说道："大丈夫怎么能做这种小事呢？"于是他辞别母亲，外出求学，历经三年，博通古今，文章斐然。他在洛阳游学时，拜会过河南尹李膺。李膺素来爱才，对他十分看重，两人交往甚多。李膺对别人说："我见识过的才子也有很多了，但从未见过郭林宗这样的奇才。他聪明过人，举止高雅又博学多识，当今人物，很少有能和他相媲美的啊！”

后来郭林宗完成学业，辞别友人返回家乡，京城名士纷纷前往黄河边上送行，送行的车子多达数千辆，甚至堵塞了道路。郭林宗和李膺并列站在船上，迎风而立，谈笑风生，岸边众人仰慕不已，称二人有仙人风姿。

郭林宗回到家乡，奉养母亲，躬耕陇亩，读书教书，不随便与人交往。当时一些地方官员都曾举荐他做官，但都被郭林宗一一婉拒了。名士范滂称赞郭林宗道：“林宗隐逸山林，但依然恪尽孝道，侍奉母亲。虽然他耿介高洁，但也没有断绝与世俗社会的往来。他这样的人，天子也不能使他成为臣子，诸侯也不能使他成为党友啊！”

郭林宗深知当时的东汉朝廷腐败透顶，宦官专权，祸乱朝纲，天下读书人必有一场大祸。果然，随着党锢之祸的兴起，大批名士儒生惨遭迫害，而郭林宗由于平时言语谨慎，不参与党争，不随意评价人物，故而得以免祸。建宁元年，太傅陈藩、大将军窦武因密谋诛杀宦官之事泄露，反为阉党所害。消息传出，天下清流为之悲恸。郭林宗在田野中为陈、窦二人赋诗祭奠，号哭不已，大呼：“天下贤良已死，国事也岌岌可危了！你看那只乌鸦啊，不知道会落到谁家的屋顶上！”

陈、窦被害后的第二年，郭林宗在家中郁郁而终，年仅四十二岁。出殡那天，四方名士上千人，自发前来送葬。文学家蔡邕亲自为他撰写墓志铭，并对人说：“我为别人写过很多墓志铭，大部分人身上都有缺点，但是郭林宗是个例外，我从他身上竟然找不到任何缺点啊！”

儒家主张“学而优则仕”。郭林宗从未出仕，这在当时看来，与儒家理念多少有些不合。郭林宗博学多识，只因当时社会黑暗，忠贞正直的人难以容身，故而他隐居山林，避世不出。正所谓“邦有道则仕，无道则隐”。他虽终身没有出仕，但始终关心国家安危，关心读书人的命运。虽然没有直接参与政事，但他的道德品行、学问气度却影响了一大批人。郭林宗虽然避世隐居，但并没有废弃孝道人伦。他躬耕陇亩，奉养母亲，并把这种美德传递给了他的追随者，这也是他的为政之道啊。

第五十　蔡　邕[1]

序：性笃[2]孝，母尝滞病[3]三年，邕自非寒暑节变[4]，未尝解襟带[5]。

诗：自非易寒暑，未始解衣襟。不谓母疾久，三年惟一心。

【注释】

1. 蔡邕：字伯喈，东汉著名文学家、书法家。　2. 笃：一心一意。　3. 滞病：久病不愈。　4. 节变：季节变更。　5. 襟带：这里泛指衣服。襟，衣襟。带，衣带。

【解读】

这首诗讲的是东汉孝子蔡邕伺候患病母亲的故事。事迹见《后汉书·蔡邕传》。

蔡邕是东汉时期的名臣、著名文学家，也是一名孝子。他的母亲曾经患病三年，卧床不起，生活不能自理。蔡邕日夜在母亲身边侍候，除非寒暑交替，否则衣不解带。母亲去世后，他在坟墓前结庐而居，守孝三年，一举一动都合乎礼制。

蔡邕性情高洁，耿介独行。他不仅是一位纯诚笃实的孝子，而且还是一位才华横溢的文学家、音乐家，年轻的时候便已名满天下，但对他来说，文学、音乐只是用来陶冶身心、涤荡性情的手段，而不是结交权贵、阿谀奉承的工具。汉桓帝时，中常侍徐璜、左悺等人听说蔡邕精通音律，就上奏天子，想宣蔡邕进京，给天子演奏。蔡邕心中十分鄙视这些近臣的专横跋扈，就托病推辞不去。

汉灵帝死后，董卓为司空，听闻蔡邕大名，特意请他出来做官。蔡邕知道董卓包藏祸心，久必成乱，依旧托病不出。董卓大怒，声称蔡邕若不从，就灭他九族。蔡邕无奈，只得应从。董卓虽然残暴，但对蔡邕却很敬重，一个月之内，蔡邕连升三级。后董卓被司徒王允等大臣设计处死，文武百官无不拍手称快，独蔡邕为之叹息。王允大怒，斥责蔡邕贪恋一己之私，同情董卓逆贼，罪无可赦，遂将其逮捕入狱，准备处死。

当时蔡邕与卢植、韩说等人正在撰补史书《后汉记》，书未成而被捕入狱，心中不甘，就上书王允，请求以酷刑代替死罪，让自己完成史书的撰写。当时的许多大臣和士人也纷纷为蔡邕求情，但王允执意不从，下令在狱中处死蔡邕。刚刚下达命令，王允就后悔了，赶紧派人去追回命令，但已来不及了。蔡邕死于狱中，年仅六十一岁。

蔡邕"附逆"董卓，自然站到了众人的对立面。其实，他对董卓的感情，不过是"士为知己者死"的感慨，哭他一场又有何妨?可惜的是，作为政治家的"王允们"不解风情，用屠刀终结了一代文豪的生命。

蔡邕之死是历史的悲剧，也是历史的遗憾。他是一位至诚的君子，有极高的人格魅力，是真名士自风流。人在乱世，命若琴弦，可怜可悲，可惜可叹。

第五十一　陈元方[1]

序：事亲至孝，豫州[2]刺史以闻[3]天子，为之图像，百城以励[4]风俗。

诗：如何百城内，一一画元方，劝孝贤刺史，观风职所当[5]。

【注释】

1. 陈元方：即陈纪，字元方，东汉人。　2. 豫州：汉代所设置的州名，大约在今河南省一带。　3. 闻：上报。　4. 励：勉励。　5. 当：称职。

【解读】

这首诗讲的是东汉孝子陈元方孝敬父母受到表彰的故事。事迹详见《后汉书·陈纪传》《世说新语·德行》等。

陈元方是东汉著名的道德家，以品德方正闻名于世。他与父亲陈寔、胞弟陈谌三人俱以德行著名，人称“三君”。

陈元方父子三人有许多脍炙人口的故事。有一次，陈元方的父亲陈寔与人约定，某日中午先在家中相见，然后再一起前往某处。可到了那天中午，那位朋友并没有如期到来。陈寔久等不至，只得自己先行前往。他刚离开不久，那位友人姗姗来迟。当时元方才七岁，正在门口玩耍。友人就问你父亲在吗？元方说久等尊驾不至，父亲先行一步。友人一听，竟然生了气，破口骂道：“陈仲弓（陈寔）真不是个东西，和我约好了一起去的，竟然自己先走了！”元方听了，不紧不慢地说道：“尊驾且慢，先前是家父与尊驾约好，中午在此相见，结果尊驾来迟，这是您不守信，怪不得别人；再说，当着别人的面骂他的父亲，这也太无礼了。”友人一听，感到非常惭愧，赶紧下车向元方道歉。

陈元方对待父母十分孝顺。父亲去世后，陈元方十分悲痛，以至因悲痛过度而昏厥倒地。守孝期满，他虽然脱下了孝服，但依然悲哀难解，饮食不安，形销骨立，险些因此而丧命。当时的豫州刺史为了表彰他的孝行，特地命人为他画像，在州境内到处张贴，以移风易俗，教化百姓。

《世说新语·德行》中还讲了另外一个故事。西晋名士王戎与和峤都以孝行著称于世。两人同时遭遇到了亲人去世的不幸，王戎哀痛过度，以至于躺在床上不能起身；而和峤该哭泣时就哭泣，该行礼时就行礼，十分符合礼制的规定。晋武帝问刘仲雄道：“爱卿去看望王戎、和峤了吗？听说和峤十分悲痛，真让人担忧啊！”刘仲雄道：“和峤的孝行合乎丧礼的规定，但精气神没有受到损伤；王戎虽然行为不是很合乎礼节，但却因悲痛过度几乎起不了床。臣以为，和峤是生孝，王戎是死孝，陛下不应该担忧和峤，而应该担忧王戎啊。”

死孝，就是以死尽孝。有的孝子对父母感情过深，以至于无法接受亲人去世的事实。于是，茶饭不思，形体消瘦，甚至因此丧命。陈元方和王戎，都是“死孝”的代表。其实，礼制规定并不提倡“死孝”。人们应该以理性的态度对待亲人的逝去，假使父母在天有灵，想必也不愿看到子女形销骨立的样子，因为活着的人还肩负着对社会和下一代的责任。

第五十二　张　霸[1]

序：年数岁[2]，知孝让，举动自然合礼，人讶[3]其小能如此，曰："我饶为之[4]。"故字伯饶。

诗：幼也知孝让，居然合礼仪，休疑汝尚小，须信我饶为。

【注释】

1. 张霸：字伯饶，东汉人。　2. 年数岁：指张霸小时候。　3. 讶：惊讶。　4. 饶为之：多学习几遍。饶，富饶，丰富，引申为"多次"。

【解读】

这首诗讲的是东汉孝子张霸在幼年时即懂得孝敬礼让的故事。事迹详见《后汉书·张霸传》。

张霸小时候就很懂事，知道孝敬父母，为人谦和礼让，一举一动都合乎礼制的规定，时人都感到很惊奇，就把他和曾子相提并论，称为"张曾子"。张霸七岁时就能读通《春秋》了，尚且不满足，还要进一步学习其他的经典文献。父母怕他年纪太小读不懂，就劝他道："你年纪太小了，还是晚几年再说吧。"张霸则道："没事，我多读几遍就懂了。"父母见他勤奋好学，也感到非常欣慰。

张霸成年后，名声日隆，朝廷也征召他做官，他曾出任会稽太守，累迁为侍中。张霸为官清廉，治民有方，更可贵的是思想开明，不拘泥于成规。张霸临终前，把子女都叫到床前，告诫他们道："春秋时期，吴国大夫季札出使齐国。在回国的路上，他的长子暴毙，因路途遥远，就葬在了路上。我祖籍蜀郡成都，死后本应魂归故里，但故乡远在千里之外，蜀道艰难，迁徙不易，你们就把我葬在这里吧，保留尸骨即可，也不用厚葬，才符合我的本心啊！"又嘱咐道："人生一世，应当对他人保持敬畏之心，若别人有什么对不起自己的地方，应以谦让为主，不要总想着报复。"子女们哭泣着答应了他的要求，于是就把张霸葬在河南梁县，并在此地居住下来，以便守护父亲的坟茔。

孔子也曾说过："礼，与其奢也，宁俭；丧，与其易也，宁戚。"意思是说："就一般礼仪说，与其铺张浪费，宁可朴素节约；就丧礼说，与其仪文周到，宁可过度悲哀。"墨家思想的代表人物墨子，也曾对丧葬之仪表达过自己的看法："丧虽有礼，而哀为本焉。" 即丧葬虽然也有相关的礼制规定，但其根本是内心的哀戚。墨子很推崇上古的葬礼制度，认为：用三寸厚的薄棺下葬，足以让尸体在里面朽烂；随葬三套衣服和被子，足以覆盖尸体了；下葬的时候，墓穴不要深及地下水，能掩盖尸体的臭气也就行了；坟墓宽度能有三尺，也就够了。墨子还认为：厚葬死者并不能使活着的人生活富足，反而会助长铺张浪费之风，有百害而无一利，应该坚决予以摒弃。

张霸能深刻领悟到礼制的精髓，并自觉地将这种认识付诸实践，为后代子孙做出示范。

第五十三　窦　章[1]

序：蓬户蔬食[2]，躬勤孝养，讲诵不辍。时称东观[3]为蓬莱山[4]，邓康[5]荐章为校书郎[6]。

诗：蔬食可堪贫[7]，勤哉孝养亲。蓬莱知不远[8]，应是着斯人[9]。

【注释】

1. 窦章：字伯向，东汉名臣窦融玄孙。　2. 蓬户蔬食：形容居住环境简陋，饮食粗劣。　3. 东观：宫中藏书之所。　4. 蓬莱山：传说中古代三大仙山之一。　5. 邓康：东汉名臣，时任太仆。　6. 校书郎：掌校勘典籍、订正讹误的官员。　7. 蔬食可堪贫：此处是把窦章比作孔门弟子颜回。　8. 蓬莱知不远：指东观虽然人人皆知，但却不是轻易可以进入的。　9. 着斯人：靠近这个人。着，靠近。斯，这，指窦章。

【解读】

这首诗讲的是东汉孝子窦章孝亲的故事。事迹详见《后汉书·窦融列传》。

窦章是东汉初期名臣窦融的玄孙，不过窦氏家族到他这一支已经式微。到了东汉末年，关中一带遭到羌族的侵掠，窦章一家被迫逃难，一路迁徙，最后在外黄（今河南商丘）定居了下来。

窦章当时生活贫困，住在茅草搭建的房子里，吃的是粗劣的食物，但窦章并没有因生活贫苦而放弃节操，他依然孝敬父母，读书不辍。后来经太仆邓康的推荐，进入东观，担任校书郎。东观是当时宫廷中贮藏档案、图书的地方，修建得高大华丽，四周楼阁环绕，殿宇相望，山水重叠，绿树成荫，时人称之为“蓬莱仙山”。能进入东观担任校书郎，是非常难得的。当时的人都认为窦章能得到这份工作，是他孝敬父母的福报。

据说孔子周游列国，曾困于陈蔡之间，当时粮食已经吃光，跟随的弟子都面有菜色。这时，子路忍耐不住，就气冲冲地去见孔子，质问道：“君子就应该固守穷困吗？”孔子看着他，从容答道：“如果是君子，自然能固守穷困而不失道义；至于小人嘛，一旦陷入穷困，便放纵形骸、无所不为了。”子路听了，幡然醒悟，惭愧而退。窦章即使贫困，也不曾放弃节操，算是一位君子了。

第五十四　苏不韦[1]

序：父谦[2]为李暠[3]掠死[4]，不韦掘暠父冢[5]，时讥其“仇枯骨[6]”，郭太[7]谓优于伍员[8]。

诗：要使生者毒[9]，休讥枯骨仇，看他郭太论，比似伍员优。

【注释】

1. 苏不韦：字公先，东汉人。　2. 谦：苏不韦之父苏谦。　3. 李暠：东汉人，与宦官勾结，贪赃枉法，为一时之害。　4. 掠死：刑讯逼供致死。掠，拷问。　5. 冢：坟墓。　6. 枯骨：喻指死去的人。　7. 郭太：即郭泰，字林宗。　8. 伍员：即伍子胥，曾掘楚平王墓，鞭尸三百，以报父兄之仇。　9. 要使生者毒：要让活着的人受到伤害。生者，指李暠。毒，受伤害。

【解读】

这首诗讲的是东汉孝子苏不韦为父亲报仇雪恨的故事，详见《后汉书·苏章传》。

苏不韦的父亲苏谦担任督邮，为官刚直不阿，清正廉洁。魏郡的李暠担任美阳县令，虽然官职不大，但善于溜须拍马，勾结上了当朝的中常侍具瑗，于是有恃无恐，无恶不作，当地百姓深受其害。其他官员因为惧怕中常侍的权势，不敢过问。苏谦听说之后，十分气愤，便派人搜集李暠贪赃枉法的证据，将李暠降职论罪，遣送到左校服役。李暠是个小人，对此怀恨在心，一直伺机寻隙报复。

后来苏谦官至金城太守，任期结束后便辞职归乡，在家闲居。汉代法律规定，凡是辞职返乡的地方官员，除非朝廷征召，否则不准私自前往京城，违者重罚。有一次，苏谦有事前往京城洛阳，因事急仓促，一时疏忽，忘记了向上级报告。彼时李暠靠着贿赂，已经升官当了司隶校尉，负责监察京都，权势很大。他听说苏谦私至京城，顿时大喜，忙派人前往将苏谦抓捕，并以图谋不轨的罪名收监。在监狱里，李暠公报私仇，对苏谦严刑拷打，竟将苏谦活活打死。

当时苏不韦刚满十八岁，因品行过人被地方举荐，准备入朝为官。不料父亲突遭横祸，不韦悲愤难当，但李暠抓住了苏谦私自进京的罪名，而且又有中常侍做靠山，权势滔天，苏不韦一介少年，自然无处申冤。无奈之下，苏不韦只得暂时载着苏谦的灵柩返乡。回到家乡之后，苏不韦只是将父亲简单埋葬，没有发丧，也不举行葬礼。接着，他把老母背到武都山中藏了起来，自己变换了姓名，散尽了家产，募集了几位剑客，准备找李暠报仇。

开始，苏不韦假装他人邀请李暠外出，预备在途中行刺，但被李暠识破，没有成功。不久，李暠依仗中常侍的提携，又升了官，成了大司农，出入前呼后拥，护卫众多，更加难以行刺。经过仔细观察，不韦发现李暠官宅的北墙紧挨着草料库，于是就想了个办法。

白天，苏不韦和一个堂兄弟一起在城外潜藏，到了晚上，便偷偷潜入草料库，在草料下面挖掘地洞。如此过了一个月，两人挖出了一个可以直接通往李暠卧室的地道。不韦见时机成熟，便选定午夜时分，从地道潜入李暠卧室。不韦见床上有人正在酣睡，举刀就砍，完毕后掀开被褥，却发现死者竟然是一名女子。原来恰巧李暠起夜去厕所，床上睡着的是一名小妾。不韦见状，心中暗叫可惜，于是作血书一封，说明此事乃自己所作，与他人无涉。书毕，不韦又从地道潜出，连夜逃往外地去了。

李暠小解回来，发现小妾竟然被杀，顿时吓得魂飞天外，又见地上有血书一封，才知道是苏谦之子不韦所为，顿时肝胆俱碎，马上传令四下搜查，结果发现了床下的地道。李暠后怕不已，就命人将房屋内到处都布满荆棘，又用石板重新铺设地面，重重加固。此外，为了防止苏不韦摸清自己的卧房，李暠每天都不停地变换住所，就连他的家人都不知道他到底睡在哪个房间。此后因公外出时，李暠都安排大量的护卫随从，自己也是全身披挂，剑不离身，宛如惊弓之鸟。

苏不韦知道李暠有了防备，再行刺杀已不可能，就改变了策略，连夜赶往李暠的老家魏郡，掘开李暠父亲李阜的坟墓，开棺戮尸，并将李阜的头颅割下，带到父亲坟前祭奠。消息传出后，李暠又惊又怒，心知是苏不韦所为，但苦无证据，无可奈何。李暠明白自己跋扈多年，树敌太多，恐怕此事闹大，便主动向朝廷上表，以患病为由，辞官回乡。回到家乡魏郡后，李暠悬赏重金，捉拿苏不韦，但不韦早有准备，藏匿不出，李暠搜寻了数年也没有找到。由于李暠长期胸中愤恨，又担惊受怕，濒于崩溃，最终病死。

苏不韦替父报仇的行为引起了许多争议。有人认为苏不韦替父报仇，天经地义；也有人认为他不该挖掘李暠的祖坟，侮辱其先人，应予以批判。众说纷纭，难以定论。在这里，笔者只想问一句：假使当时朝政清明，没有像十常侍、李暠这样横行朝野、专横跋扈的奸贼当权，如果一切都能得到公平的评判、处理，苏不韦还会做出如此过激的行为吗？我们感慨苏不韦遭遇的同时，也应看清历史背后复杂的社会原因。

第五十五　茅　容[1]

序：字季伟，郭林宗见其杀鸡，意谓己设[2]，既乃独奉母[3]，自以饭蔬[4]与林宗食。

诗：鸡乃为母设，蔬惟与客同，贤哉茅季伟，误矣郭林宗。

【注释】

1. 茅容：字季伟，东汉名士。　2. 意谓己设：以为（茅容杀鸡）是为了款待自己。设，设席，安排饮食。　3. 独奉母：单独给母亲吃。独，单独。　4. 饭蔬：素菜素饭，指饮食粗劣。

【解读】

这首诗讲的是东汉孝子茅容孝敬母亲的事。事迹详见《后汉书·茅容传》。

茅容本来并非读书人，而是一介农夫。有一次，茅容在田里劳作，忽然遇上下大雨，人们纷纷跑到道边的大树下避雨，恰巧郭林宗路过此地，也在此避雨。雨势很大，众人的衣服都湿透了，于是有的人把上衣脱下来，赤膊晾干，就地坐下；有的人言语随意，举止粗俗。唯有茅容端端正正地坐在树下，对待他人也很有礼貌，虽然待了很长时间，却丝毫不曾失了礼数。

郭林宗暗暗称奇，便过去与茅容交谈，不料竟十分投机。雨停后，天色已晚，茅容便邀请郭林宗到家中留宿，林宗也不推辞，欣然前往。第二天，郭林宗一大早起来，就看见茅容正在外面杀鸡做饭。林宗以为自己是客人，茅容杀鸡是款待自己。谁知等茅容做好饭后，却端着炖好的鸡汤送到了母亲房中，让母亲先享用，又准备了一份素菜素饭，招呼郭林宗一起吃。

郭林宗大为感慨，当即竖起大拇指，称赞道："您真是一位贤人，也是一位孝子啊！"后来，茅容在郭林宗的鼓励下，四十多岁开始读书求学，最终成为受人尊敬的名士。

茅容是"谨身节用，以养父母"的典型代表。他不光自己省吃俭用，连招待自己的朋友都不例外，而最好的东西，只留给母亲。在古代，百姓被分为"士农工商"四类，称为"四民"。农是最接近士的阶层，尤其是在科举制度普遍实行以后，农家子弟通过读书受教育，可以成为士人，即古人一贯提倡"耕读传家"，在现代还能看到一些古旧宅院里保存着这种字样的匾额。读圣贤书与从事农业劳动，本来就是一体不分的。"四体不勤，五谷不分"，是对死读书的书呆子的嘲讽。古代的贤者，如陶渊明、诸葛亮等，都曾"躬耕陇亩"。茅容虽为农夫，却知礼义廉耻、孝顺父母，并最终成为名士。

第五十六　范　滂

序：遭党祸[1]，恐母流离，不忍逃，曰："滂从父黄泉[2]。"顾子曰："欲汝为善，则我不为恶。[3]"

诗：宁将身塞[4]祸，不忍母流离。我自不为恶，黄泉今有辞。

【注释】

1. 党祸：即东汉时期的"党锢之祸"。　2. 滂从父黄泉：指范滂表明自己赴死的决心。　3. 欲汝为善，则我不为恶：要想让你做个好人，我就要做好表率。　4. 塞：挡住。

【解读】

这首诗讲的是东汉名士范滂为了避免老母流离失所，宁愿从容赴死的故事。详见《后汉书·范滂传》。

范滂是东汉时期著名的"清流"士人。他志向高远，品行端正，严于律己，青年时期就已经闻名州郡。他所在的冀州盗贼猖獗，无人能够治理。有人举荐范滂，范滂被任命为清诏使，按察冀州，治理盗贼。冀州的地方长官听说清诏使为范滂，一个个惊慌失色，竟然纷纷辞官离去。原来，这些地方官长期收受盗贼的贿赂，便睁一只眼闭一只眼，敷衍了事，根本没有用心治理，才导致盗贼猖獗，为害一方。范滂了解情况后，一一据实上奏，严厉打击了贪官污吏的嚣张气焰。

范滂为官清廉，刚强正直，不与宦官同流合污，深得朝中的清流赏识，但也因此得罪了许多小人。“党锢之祸”发生后，范滂也受到牵连。消息传来后，有人劝范滂赶紧逃走，但范滂知道，一旦自己逃走，定会连累母亲流离失所。于是，他放弃了逃难，而是主动找到督邮自首。督邮见到范滂，大为吃惊，就问他为何还没有逃走。范滂笑道：“我若逃走，势必连累老母；我若自首，身死祸消，家人也就安宁了。”

范母知道后，带着孙子来到官府的大牢求见儿子。范滂一见到母亲，不由得泪流满面，哭拜在地，道：“儿子不孝，不得奉养母亲，好在弟弟在家，就让他好好孝顺您吧！儿子准备追随父亲，到黄泉再相见吧！”范母安慰儿子道：“你不要自责，自古忠孝难以两全，你这样慷慨就义，跟李膺、杜密这样的伟丈夫齐名，还有什么可遗憾的呢？”

范滂听后跪拜在地，承受了母亲的教诲，然后又对儿子道：“孩子，为父常常教导你，做人要多行善事。如果想让你做一个好人，那我这当父亲的就要做好表率！”于是，范滂从容就义，年仅三十三岁。

父亲的临别寄言，势必对孩子将来的人生产生不可低估的影响。范滂以自己的生命为代价，在捍卫道义的同时，把孝道和做人的理念传递给了下一代。

第五十七　仇　览[1]

序：为蒲亭长[2]，化[3]陈元[4]为孝子，民歌曰："父母何在在我庭，化我鸱枭[5]哺[6]所生。"

诗：蒲亭一长耳，何许得歌声，化我鸱枭类，而今哺所生。

【注释】

1. 仇览：字季智，一名香，东汉人。　2. 蒲亭长：蒲，地名。亭长，汉代地方的低级官吏。　3. 化：感化。　4. 陈元：年少时曾为地方恶少，后经仇览教育，成为孝子。　5. 鸱枭：即鸱鸮，猫头鹰，古人认为是恶鸟。　6.哺，喂养，这里指赡养老人。

【解读】

这首诗讲的是东汉仇览任地方官时，施行仁政，感化不孝子的故事。事迹见《后汉书·循吏列传》。

仇览少年时潜心读书，默默无闻。一直到四十岁时，才由县里补选，任命为蒲亭长。虽然官卑职小，但仇览到任后勤勤恳恳，十分认真。他亲自制定乡规民约，鼓励百姓努力耕田，种植桑麻。农事完了，就令子弟集合在一起学习。凡是游手好闲、不务正业之人，一律强制性地让他们参与劳动，不从者还要受到一定的惩罚。遇到百姓家中有人去世，仇览都亲自前往帮助他们办理丧事，宣扬事死如事生的道理。有孤寡老人生活难以自理，仇览也常常派人抚恤，救济粮米。一年之后，当地的民生便得到了较大的改善，百姓生活安定，人人谦和有礼，呈现出一番欣欣向荣的景象。

当时蒲地有一个叫陈元的青年，年方二十，尚未娶妻，在家中与母亲一起生活。有一天，陈元的母亲找到仇览，状告自己的儿子不孝。仇览问明情况后，惊讶地对陈元的母亲说："老人家，我前几日恰好经过您的房子，看屋舍整齐，田地都已按时播种，这说明您的儿子并不是一个坏人。您都这把年纪了，孤身一人抚养孩子长大成人，十分不易。也许陈元平时有照顾不到的地方，但您不该凭一时之气而陷儿子于不义啊！"

陈元的母亲听了，幡然醒悟，于是含泪离去。随后，仇览来到陈元家中，动之以情，晓之以理，以忠孝的道理来教育陈元，最终使得逆子变为了孝子。乡里的百姓知道这件事后，编成了歌谣："父母在哪里啊，在我自家的庭院里；贤良的仇君啊，能让恶毒的枭鸟，懂得反哺自己的父母。"

当时王涣任考城县令，为政严苛，听说仇览在蒲地任职期间，以德服人，赢得了百姓的拥护，便把仇览调到自己身边担任主簿。王涣对仇览道："我听说主簿在蒲亭时，曾经有一位老妇人状告儿子不孝，您没有处罚其子，而是用感化的方式，使他改邪归正，成为孝子。这样做的话，是否过于温柔，而少了苍鹰一般的猛志呢？"仇览从容对答："下官以为，苍鹰固然凶猛，使人畏惧，但不如凤凰仪态万方，令人如沐春风。"王涣听后，肃然起敬，站起来对仇览道："先生大才，我不该让您待在这荒僻的地方。京城太学，是人物汇集之处，我愿意用一个月的俸禄，资助先生前往太学深造。"仇览接受了王涣的馈赠，前往位于京城洛阳的太学深造，最终成为一代名士。

所谓逆子与孝子，并没有天然的分界线，仇览没有盯住陈元的过错不放，而是着眼于他身上的闪光点。陈元虽然与母亲关系不睦，但他能把房屋收拾整齐，按时播种，说明他的本性还是好的。孟子认为人性本善，教育的目的就在于唤起人的良知，即“求其放心”。良善的本性已在本心之中，只要用合适的方法去激发，纵使冥顽亦能受到感化，成为有用之人。

第五十八　赵　咨[1]

序：有孝行。盗尝夜劫之[2]，咨恐母惊，乃先至门迎谢[3]，盗惭奔[4]。

诗：贼来那可迩[5]，而敢以身迎，身岂不知爱，心乎恐母惊。

【注释】

1. 赵咨：字文楚，东汉人。　2. 盗尝夜劫之：强盗曾经在夜里入室抢劫。　3. 谢：告罪，道歉。　4. 惭奔：惭愧地迅速离开了。　5. 迩：靠近。

【解读】

这首诗讲的是东汉孝子赵咨以身迎贼、保全母亲的故事。事迹见《后汉书·赵咨传》。

赵咨的父亲赵畅，曾任博士，在当时有一定的声望。父亲去世后，赵咨对母亲十分孝顺。州郡曾举荐赵咨为孝廉，但他并没有接受。后来，大司农陈奇举荐他为博士，继承父职。这次赵咨没有拒绝，接受了任命。赵咨还曾做过敦煌太守，后因患病辞职，返乡后仍耕田养家。

时值东汉末年，天下大乱，盗贼四起。赵咨在家乡闲居，有一天夜里家中遭到了盗贼抢劫。这伙强盗堵住门口，正欲破门而入进行劫掠，赵咨因怕母亲受到惊吓，赶紧先到门前，打开大门，请强盗们进来，按要求给他们置办了饭菜。赵咨一边向强盗头目敬酒，一边说道："诸位，在下有老母在堂，年已八十有余。我家中贫困，没有什么多余的积蓄，恳请各位为我留下些许衣食，以便奉养母亲。"除了母亲的口粮外，赵咨并没有为妻子和孩子请求留下什么东西。

这伙强盗其实都是些贫苦百姓，只因朝廷昏庸，天下大乱，无法谋生，才迫不得已逼上梁山。强盗头目一见赵咨如此孝顺，不禁肃然起敬，当下众盗拜服在地，口称："不知有贤者在此，我等多有冒犯，万乞赎罪！"说罢，这些强盗便离开了，临走时并不曾带走赵咨家的任何东西。

舍得，是中国古老的处世哲学。在舍与得的抉择面前，每个人都需要清楚，自己真正需要的是什么，或者说，真正宝贵的是什么。强盗打劫，无非求财，而赵咨所求的是家人的安全，破财便可消灾，所以，他宁可舍去钱财，换来家人的安全。懂得舍得的人，才拥有大智慧。

第五十九　陆　绩[1]

序：六岁见袁术[2]，怀橘[3]堕地[4]。术曰："陆郎作宾客，而怀橘乎？"曰："欲归遗[5]母。"术奇之。

诗：陆郎作宾客，怀橘欲何为。遗母当然事，袁公乃尔奇。

【注释】

1. 陆绩：字公纪，汉末庐江太守陆康之子。　2. 袁术：字公路，东汉末年军阀。　3. 怀橘：往怀里偷藏橘子。　4. 堕地：（橘子）掉落地上。　5. 遗：给。

【解读】

这首诗讲的是东汉孝子陆绩偷拿橘子孝敬母亲的故事。事迹见《三国志·陆绩传》。

陆绩是东汉末年的吴地名士。他的父亲陆康，曾做过庐江太守，与袁术常有来往。陆绩六岁的时候，跟随父亲陆康到九江去拜见袁术。会谈期间，袁术以橘子招待二人。临走时，陆绩偷拿了两个橘子放在怀里，没留神橘子掉到了地上。袁术看见了，以为小孩子贪吃，就开玩笑道："陆郎在我家做客，临走还要带几个橘子回去继续吃。"陆绩拾起地上的橘子，从容回答道："我看这橘子甘美可口，想带两个回去给我母亲尝尝。"袁术一听，暗暗称奇，向陆康夸奖道：“令郎小小年纪，竟懂得如此孝敬母亲，日后必成大器。”

陆绩天资聪颖，悟性过人，通晓天文历法，星象术数，对《易经》尤为精通。成年后，陆绩名声渐起，被孙权任命为奏曹掾，后升任郁林太守，加偏将军。陆绩对做官不太感兴趣，而是喜欢专注于学问，著有《浑天图》《太玄经注》等。可惜陆绩身体羸弱，经常患病，三十一岁便去世了，可谓天妒英才。

孩童的心思是最纯洁的。陆绩的母亲爱吃橘子，因此陆绩就要带几个橘子给母亲尝尝，虽然不太符合礼节，但一片孝心却是真诚的。一个孩童，在看到美味之后，没有仅满足自己的口腹之欲，而是能想到自己的母亲，仅是这份心思，便胜出他人数倍。陆绩虽小，却可与春秋时期的颍考叔、灵辄等人相媲美。

同时，陆绩的行为也是一种乐于分享的体现。孔融让梨是一种分享，陆绩怀橘同样也是一种分享。得到好的东西懂得与他人分享，这是一种“推己及人”的儒家精神。

第六十 王 裒[1]

序：读诗至《蓼莪》[2]篇，辄流涕。门人[3]为废[4]此篇。庐墓[5]悲号，泪着[6]柏树，树为之枯。

诗：悲哉生我句，奈此念亲何，墓侧有枯树，诗中无《蓼莪》。

【注释】

1. 王裒（póu）：字伟元，西晋时期著名学者。 2.《蓼莪》：《诗经·小雅》中的一篇，主旨为子女感恩父母养育之情。 3. 门人：王裒的学生。 4. 废：废弃。 5. 庐墓：王裒父母的坟墓。 6. 着：附着。

【解读】

这首诗讲的是西晋时期孝子王裒对父母思念至深的故事。事迹见《晋书·王裒传》。

王裒的父亲王仪，为人正直。在魏吴东兴之战中，王仪任魏都督司马昭的参军。魏军战败后，司马昭询问僚属："最近战事不利，谁应该负首要责任？"王仪据实答道："最应该负责任的就是元帅您了。"司马昭大怒，骂道："你竟敢诬陷本将，真是罪无可赦！"遂命人将王仪推出帐外斩首示众。

父亲无罪被杀，王裒悲恸难抑，他深知父亲是被司马昭泄愤而杀，便发誓永远不会臣服于司马氏。司马昭之子司马炎篡位称帝后，建立西晋，定都洛阳。西晋朝廷为了拉拢士人，三番五次征辟王裒出来做官，均被他拒绝。

王仪的死是无辜的，司马氏家族就是凶手。父母之仇不共戴天，王裒虽然没有能力跟整个西晋朝廷对抗，但他可以采取不合作的态度。晋代时人们都是席地而坐，两膝着地，臀部垫在脚后跟上，形如跪姿。父亲被杀后，王裒从不向西而坐，以表示自己永不臣服于西晋朝廷。

王裒在父亲墓前建造草庐，守孝三年。他每天早晚都要到墓前祭拜，常常哭泣不已，泪水洒在旁边的柏树上，树干都枯萎了。王裒的母亲生前害怕打雷，因此每遇到雷雨天气，王裒也要来到母亲墓前，轻声安抚道："儿子在此，母亲勿怕。"除去丧服后，王裒在家乡隐居不出，以教书为业，弟子达千人之多。他教授弟子读书时，每读到《诗经》中《蓼莪》一篇，便不由得想起过世的父母，情难自禁，泪流满面。《蓼莪》篇中"哀哀父母，生我劬劳"等诗句，反映了诗人自哀不能侍奉父母的悲切之情。王裒乃至情至性之人，诵诗思人，难免潸然泪下。于是，弟子们便将《蓼莪》这篇废弃不读，以免引起老师伤心。

后来，西晋朝廷覆灭，天下大乱，四方盗贼蜂起，王裒的宗族纷纷迁居到长江以南避难，而王裒难舍父母坟墓，不愿迁徙，终被乱贼所害。

第六十一　桓　冲[1]

序：小字[2]买德郎，母病须羊以解[3]，以身质[4]羊。后为江州刺史。

诗：不辞身作质，只为母须羊，此日江州牧[5]，当年买德郎。

【注释】

1. 桓冲：字幼子，东晋名将。　　2. 小字：小名，乳名。
3. 须羊以解：需要用羊肉来治病。解，治疗，这里指做药引。
4. 质：抵押。　　5. 牧：州长。

【解读】

这首诗讲的是东晋名将桓冲以身为质，换羊为母亲治病的故事。事迹见《晋书·桓冲传》。

桓冲是东晋大司马桓温的弟弟，著名的桓氏家族成员。他的父亲桓彝，曾任宣城内史，在苏峻之乱中不幸身死。桓彝死后，其家族一度中落，生活贫困。

有一次，桓冲的母亲生了重病，桓氏兄弟急忙请大夫前来诊脉。大夫诊断完毕，开了药方，特别指出要以羊肉为药引。当时桓冲家中穷困，羊肉又贵，兄弟们商量了一下，桓温决定让弟弟桓冲作为抵押，乞求羊主人换一头羊来救急。羊主人看到桓温、桓冲兄弟以身为质，为母治病，深受感动，加之桓冲虽年幼，但颇识大体，聪明伶俐，便提出不要抵押，并可以抚养桓冲一段时间，以缓解桓家的经济压力。

后来，桓氏兄弟长大成人，出仕为官，家境渐渐好转。桓温掌握了朝廷大权，威震天下，显赫一时，桓冲也做了江州刺史。有一次，桓冲出外射猎，见路旁有一人看着眼熟，仔细一想，原来正是当年赠羊给自己家的羊主人。桓冲走到他身边，对他深深作揖，笑道："阁下安好，我正是当年的买羊郎啊！"羊主人一看，也是大为惊喜，但此时桓冲贵为刺史，官民有别，羊主人急忙跪地行礼。桓冲赶紧上前扶起，连说："恩公请起！"桓冲和羊主人谈及当年以身质羊一事，感慨不已。临行前，桓冲厚赠了羊主人一笔财物，以报当年救母之恩。

古代有卖身葬父、典身救母的故事。这些故事的主人公，大都是贫苦百姓，当父母得了重病或不幸离世，无钱救治或安葬时，只好卖身为奴，换些钱财，用以治疗或埋葬双亲。当时桓家属于没落贵族，家境艰难。桓氏兄弟虽然年幼，但经历过大起大落，自然比一般孩童要沉稳成熟。桓温是家中长子，要担负家庭振兴的重担，故而提出让弟弟以身为质。这是无奈之举，今人对此也不必苛求。桓温与桓冲，就好比当年的伍尚与伍员，一个在家中忍辱负重，一个在外以身为质。俗语道：兄弟齐心，其利断金。正是由于桓氏兄弟团结一致，齐心合力，才使得宗族中兴，家风重振。桓冲发达之后，不忘当年的恩人，知恩必报，尤为难能可贵。

第六十二　王　延[1]

序：后母令冬月[2]求鱼[3]，不得[4]，杖之[5]流血，延叩冰[6]哭，有鱼跃出。母悟[7]，抚之如己子[8]。

诗：酷[9]矣杖流血，奇哉鱼跃冰。能令母心悟，不异己亲生。

【注释】

1. 王延：字延元，十六国时人。　2. 冬月：指寒冷的冬季。　3. 求鱼：捉鱼，捕鱼。　4. 不得：没有捉到鱼。　5. 杖之：（后母）用杖打王延。　6. 叩冰：在结冰的河边磕头。　7. 悟：醒悟。　8. 己子：自己亲生的儿子。　9. 酷：严酷，苛刻。

【解读】

这首诗讲的是十六国时期的孝子王延侍奉后母至孝的故事。本事出自《晋书·孝友传》。

王延的母亲病逝时，王延才九岁，他因悲痛过度，差点儿丧命，看到的人无不感动。此后每逢母亲忌日，王延都要到墓前祭拜，哭泣不已。

后来，王延的父亲又娶了一位夫人。大概是王延过于怀念生母的缘故，这位继母一开始就对王延态度十分冷淡，后来变本加厉，动辄打骂，极尽虐待，而王延却默默忍受。

有一年冬天，继母突然想吃鲜鱼，于是令王延出去寻找。寒冬腊月，哪来的鲜鱼？可怜王延到集市遍寻不得，只好空手回来。继母见王延没有买到鲜鱼，责骂不已，又将王延痛打了一顿。王延忍痛不语，逃出家门，踉踉跄跄地跑到河边，口中呼喊着母亲的名字，声嘶力竭，哭泣不已。突然间，冰面裂开，一条大鱼从水中跃出，掉在冰面上，足有五尺多长。王延十分惊异，认为是上天所赐，来不及多想，连忙抱着大鱼跑回家中，带给继母。

继母见王延突然抱来一条大鱼，足有五尺多长，虽十分惊讶，但也没有多问，就令王延将鱼洗剥干净，烹熟之后端上来享用。谁知，继母连吃了好几天，都没有吃完这条鱼。这时继母心中突然醒悟：这大鱼食之不尽，难道是上天劝我不要再折磨王延了吗？此后，继母对待王延的态度转变了许多。

王延不但事亲极孝，而且读书十分刻苦。他白天给别人家帮工，晚上伺候双亲歇息后，再挑灯夜读。后来，他博览经史，州郡多次请他出来做官，但王延念及双亲尚在，家中无人侍奉，都推辞不去。直到父亲和继母都去世后，王延才接受了朝廷的任命，最后官至金紫光禄大夫。

王延寻鱼孝亲的故事带有明显的神异色彩，现实生活中是不可能出现的，但这个故事却反映了古人对家庭伦理的探讨和思考。继母与继子的关系问题是一个普遍的社会现象，不仅在古代，在今天也是存在的。王延付出了很大的代价，他用一种近乎献身的精神取得了继母的理解和认可。那条食之不尽的大鱼，可以说是古人对改善家庭关系的美好寄托。

第六十三　许孜[1]

序：有孝行，鹰雉栖其梁[2]，鹿虎扰[3]其庭，交头[4]同游，不相抟噬[5]，所居号“孝顺里[6]”。

诗：能感猛鸷[7]类，都无抟噬心。同游至鹿虎，共宿有鸠鹰[8]。

【注释】

1. 许孜：字季义，西晋名士。　2. 鹰雉栖其梁：老鹰和野鸡栖息在房梁上。　3. 扰：畜养，这里指被畜养。　4. 交头：头靠着头。　5. 抟噬：抟，本义是指把东西捏成团，这里指动物相互争抢。噬：撕咬。　6. 里：居住的地方。　7. 鸷：鸷鸟，猛禽。

【解读】

这首诗讲的是许孜行孝道感化禽兽的故事。事迹见《晋书·许孜传》。

许孜二十岁时，曾拜豫章太守孔冲为师，学习《诗经》《尚书》《孝经》和《论语》等。孔冲去世后，许孜以子侄之礼送丧，哭泣尽哀，并为之守孝三年，真正做到了“一日为师，终身为父”，当时人称赞他很有情义。不久，许孜的父母也去世了，许孜因悲痛过度形销骨立，几乎不成人形，必须借助拐杖才能起身。即使如此，他还坚持亲自营造双亲的坟茔，亲自背土到东山上。有乡邻前来帮忙，也都被他婉言谢绝。有人看到许孜瘦弱不堪，心存不忍，就偷偷地帮他做一些活儿，可是许孜白天干自己的活儿，到了晚上，他则把乡邻们帮他做过的地方默默地拆除掉，自己再重新做一遍，以示亲力亲为。大家一看许孜这样做，都感慨他的纯孝之心，也就不再来帮忙了。

据《晋书·许孜传》载，许孜在双亲的墓地附近，栽种了五六里长的松柏，每次他到墓前祭拜，都有飞禽走兽环绕四周，发出悲戚的叫声。有一次许孜上坟时，看到一头鹿正在啃食一棵刚种下不久的松树，不由叹息道："这是我为父母种下的松柏，难道你不怜悯我吗？"说罢，哭泣不已。第二天早上，许孜来到墓前，竟发现那头鹿已被老虎咬死，尸体就扔在被它啃食过的松树下。许孜感慨良久，为这头鹿挖了个坑，把它埋葬了，名为鹿冢。没多久，那只咬死鹿的猛虎又扑倒在鹿冢前死去，许孜愈加叹息，又将猛虎埋葬了。自此以后，许孜栽种的树木越来越茂盛，再也没有发生过被破坏的事情。

此后的数十年，许孜就在父母墓地旁边安了家。每日一早一晚，许孜都要到父母墓前问安，就像他们还活着一般。在许孜家的屋前院后，经常会出现飞禽走兽，例如苍鹰与野鸡共同栖息在房梁上，猛虎与麋鹿一道在庭院中，却从来没有发生过攻击捕食的事情。附近的人们认为他的纯孝感动了上天，也感化了禽兽，就把许孜居住的地方称为"孝顺里"。

这个故事的神异色彩较前文王延孝亲的故事更加浓厚。自然界中的苍鹰和野鸡、猛虎与麋鹿，不可能和平共处，所以文中所描述的画面，实乃人们的美好想象。实际上，这些动物带有很强烈的象征意义，象征着人类社会中不同阶层、不同背景的人群，在古代社会，让这些人和睦相处非常困难。如何能够实现社会的和谐大同，古人便将这份希望寄托到孝道上。

第六十四　卞壶子[1]

序：壶拒[2]苏峻[3]，战死。二子眕、盱[4]相随赴贼[5]。瞿汤[6]叹曰："忠孝之道，萃[7]于一门。"

诗：父虽得死所，儿岂望生存。忠孝古难并，于今萃一门。

【注释】

1. 卞壶（kǔn）子：即卞壶，字望之，东晋著名政治家。　2. 拒：抵抗。　3. 苏峻：字子高，东晋将领，后起兵谋反，兵败被杀。　4. 二子眕、盱（xū）：卞壶的两个儿子，长子卞眕，次子卞盱。　5. 贼：指苏峻的军队。　6. 瞿汤：当时的名士。7. 萃：汇聚、集中。

【解读】

这首诗讲述的是东晋时期名臣卞壶父子三人相继战死殉国的事迹。本事出自《晋书·卞壶传》。

卞壶出身官宦世家，祖父卞统曾任琅琊内史。父亲卞粹兄弟六人，都曾经担任过宰相一级的高官，世称"卞氏六龙"。卞壶刚成年就有了一定的名望，后被晋元帝司马睿任命为从事中郎，从此步入仕途。卞壶为官清正，法度谨严，以匡风正俗为己任，身历东晋元帝、明帝、成帝三朝，又因长期担任帝师，故而在朝中威望很高，一些权臣包括王导在内，都对他很敬畏。晋成帝即位后，卞壶与外戚庾亮共掌朝政。

当时，庾亮认为大将苏峻手握重兵，又驻扎在京城附近，早有不臣之心，如不削弱其势力，早晚必成大患。于是，庾亮同卞壶商量，决定效仿汉代削藩的手段，将苏峻召回京师，给他大司马的虚衔，以此夺走他的兵权。朝廷其他重臣大都同意庾亮的建议，但卞壶认为这样做非常危险，极有可能逼迫苏峻谋反，但庾亮执意如此，卞壶也无法阻拦。

于是，朝廷下诏，宣苏峻进京，担任大司马。苏峻听到消息后，十分惊慌，识破庾亮是想借机夺走自己的兵权，便与豫州刺史祖约联合，正式起兵造反。消息传到京师，朝野震惊。庾亮见苏峻果然谋反，这才后悔不听卞壶之言，急忙任命卞壶为三军主将，领兵平叛。

卞壶接到诏书后，马上组织军队奔赴前线。但苏峻的军队长期在北方与少数民族政权作战，战斗力远远超过朝廷军队，卞壶虽然用尽全力，但终究还是被苏峻攻破防线，节节败退，自己也身受重伤，最后不幸壮烈殉国。他的两个儿子卞眕、卞盱见父亲战死，毫不犹豫地冲杀上去，最终也死于乱军之中。

苏峻之乱平定后，东晋朝廷追赠卞壶侍中、骠骑将军、开府仪同三司等荣誉官衔，谥号“忠贞”。追赠卞眕为散骑侍郎，卞盱为奉军都尉。当时的名士瞿汤赞叹道：“父亲忠于朝廷而死，儿子孝顺父亲而死，忠孝两全，都集中在卞氏一门了！”

卞壶忠于职守，为国捐躯，他的两个儿子临危不惧，追随父亲的脚步，勇敢地战死沙场，成就满门忠烈，可贵可叹。卞氏兄弟的壮举，不禁令人想起了春秋时期的伍氏兄弟，但伍尚与伍员，更多是出于对父亲的孝道，而卞氏兄弟的慷慨赴敌，则多了一层家国大义。千载之下，令人唏嘘不已。

第六十五　皇甫谧[1]

序：遗令平生之物皆无自随[2]，惟赍[3]《孝经》一卷。

诗：尽弃平生物，惟赍一孝经。死犹不忘孝，临没[4]苦叮咛。

【注释】

1. 皇甫谧：字士安，西晋医学家、史学家。　2. 自随：随自己陪葬。　3. 赍：携带。　4. 临没：临死。没，去世的委婉说法。

【解读】

这首诗讲的是皇甫谧注重《孝经》的故事。事迹见于《晋书·皇甫谧传》。

皇甫谧是西晋颇具传奇色彩的人物。他自幼丧母，无以为生，过继给叔父抚养长大。成年之后，整日游手好闲，不务正业，胸无点墨，周围的人都看不起他。有一次，皇甫谧得到了一些新鲜瓜果，就送给叔母任氏尝鲜。任氏对皇甫谧说："《孝经》上说，三牲之养（指每天用牛、羊、猪奉养双亲），尤为不孝，何况只是一些瓜果呢？你都已年过二十，却整日不务正业，纵然有些瓜果来奉养我，也不能让我安心啊！"说完，面对着皇甫谧流泪不止。皇甫谧深受感动，连忙跪倒在地，哭道："孩儿以前愚昧无知，荒废时光，而今知错，一定认真读书，不辜负叔母今日之教！"

于是皇甫谧从此洗心革面，一改过去浪荡子的形象，拜同乡大儒席坦为师，潜心向学。甚至下地干活时也抽空看书，一刻也不肯耽误读书。数年间，皇甫谧通读无数经典，成为远近闻名的大学者。二十六岁，就写下了传世史书《帝王世纪》。四十二岁时，皇甫谧不幸患上了麻痹之症，半边身子陷入瘫痪，但依然手不释卷，著述不辍，并在医学研究上取得了重大成就，其所撰《针灸甲乙经》为我国医学史上里程碑式的著作。

皇甫谧成名以后，朝廷数次征召他出来做官，都被他推辞。他潜心著述，不问世事，六十八岁逝世。临终之时，皇甫谧嘱托两个儿子，随便选一块不毛之地，用旧衣裹尸，将自己埋葬了事。下葬之日，没有任何奢侈的陪葬物，只有《孝经》一卷随葬。大概皇甫谧当年受其叔母一番教训，刻骨铭心，故临死之际，以《孝经》入殓，以明不负先人。

古人聚族而居，对后辈子弟而言，家中的每一位长辈都是尽孝的对象。尤其对家族中的孤儿来说，其兄嫂、叔母等年长的女性，都如同亲生母亲，正所谓“长兄为父，老嫂比母”。皇甫谧虽非叔母所亲生，但在感情上实与母子无异。青少年时期的皇甫谧虽然游手好闲，不务正业，但是他在得到瓜果之后，能够想到自己的叔母，便是孝思尚存。《三字经》上说：“人之初，性本善。”孩童的本性如同璞玉一般纯真而美好，如果长辈能加以正确的引导，孩子都会成长为栋梁之材。

第六十六　郭原平[1]

序：以耕者于父母墓前裸袒[2]为慢[3]，乃贵买此田[4]，束带[5]垂泣，躬自[6]耕垦。

诗：忍向父母墓，前头裸袒耕。农时每束带，犹自泣原平。

【注释】

1. 郭原平：字长泰，南朝宋时名士。　2. 裸袒：袒露身体。
3. 慢：怠慢，不尊重。　4. 贵买此田：用高价买下这块田。
5. 束带：整理好衣服。　6. 躬自：亲自。

【解读】

这首诗讲的是南朝时期名士郭原平尽心守孝的故事。

郭原平的父亲名郭世道，是当时有名的孝子。郭原平继承了父亲的品性，也以孝行闻名乡里。郭原平奉养双亲时凡事亲力亲为，从不依靠别人。他擅长做木匠活儿，农闲时常与人帮工，赚些钱贴补家用。外出做工时，东家供应的饮食中也时有荤菜，郭原平家里穷，父母很少吃到荤菜，所以原平每次在东家吃饭时，就只吃蔬菜下饭，从不吃肉。有时家里断了粮，父母没有饭吃，原平在外面做工时也就不吃东家的饭，饿着肚子干活，直到散工时结了工钱，才去集市上买米，回家做饭和父母一起吃。

父亲晚年多病，身体每况愈下，郭原平除每日尽心照料之外，心里还惦记着为父亲准备后事。他虽然精于木工，但不会营造墓穴。为了能给双亲建造墓室，他找到本地擅长此技艺的老师傅，自愿帮工，不要报酬，为的就是方便学习如何造墓。办理父亲的丧事需要一笔费用，原平家贫，无法承担。于是，他就自愿卖身为奴，用卖身钱支付丧葬费。葬礼虽然简单，但一切都合乎礼节。葬礼完毕，原平主动前往买主家里做工，与其他奴仆一起劳作，并抢着干那些脏活累活。时间长了，奴仆们都很敬重他，连东家都不忍心再让他干重活了。原平在东家做完工，要是还有精力，就到其他人家帮工，挣些钱奉养母亲，有余钱就存下来留着赎身。

郭原平还在自家房屋旁边盖了两间小房，当作祭祀父亲的祠堂。每到祭祀时节，原平都要到祠堂中祭拜父亲，期间只以粥水充饥。后来他的母亲也去世了，原平就不再吃荤菜。原平父母墓前有田地数十亩，并不属于郭家。每到农忙时节，农夫们在田地里劳动，正午天气热，他们便脱去上衣，坦露身体，十分随意。原平觉得这些人在父母墓前如此粗鄙，冒犯到父母，但田地属于别人家，自己又不好干涉。于是，原平就典当了家产，出高价把这些田地买了下来。每次在此耕作前，原平都要穿戴整齐，才开始劳作，不敢有丝毫不敬。

郭原平的孝，有三点过人之处。第一是与父母同甘共苦，不愿独享美味；第二是营造坟墓，亲力亲为；第三是事死如事生，始终保持着对父母的敬意。今天，我们虽不必像郭原平一样，亲手为去世的父母营造坟墓，但并不代表我们就可以忘记孝道。孝道之贵，在于尽孝的“本心”，在于坚持尽孝的过程。唯善始方能善终，尽心尽力，问心无愧。

第六十七　二　王[1]

序：王铨学业不及弟锡，而孝行齐[2]焉。时人称为“金昆玉友[3]”。

诗：要以孝行取，宁将[4]学业论。锡无惭[5]玉友，铨可谓金昆。

【注释】

1. 二王：指南朝梁时的王铨、王锡兄弟。　2. 齐：等同，媲美。　3. 金昆玉友：昆、友，兄弟和朋友。金、玉，形容品格之高。　4. 宁将：反问词，怎么能。　5. 惭：惭愧，愧对。

【解读】

这首诗讲的是南朝时期的孝子王铨、王锡兄弟的事情。事迹见《南史·王彧传》。

王铨出身官宦世家，又娶了梁武帝的女儿永嘉公主，官拜驸马都尉。王铨在学业上不如弟弟王锡，但在孝敬父母方面，两人可相媲美。王铨的母亲患病，卧床不起，王铨衣不解带，昼夜伺候，忧心忡忡，以至于容貌大变，亲近的人都差点儿认不出来他。母亲去世后，王铨因哀伤过度，患上了气疾，身体每况愈下。

王铨的弟弟王锡，自幼勤奋好学，十四岁便被推举为茂才，入朝为秘书郎。因为读书用功过度，竟然导致右眼失明。王锡和哥哥一样，也十分孝顺。父亲去世的时候，他规规矩矩地按照礼制要求归家服丧，十分尽礼。服丧期满，他拒绝了朝廷的征召。王锡对功名利禄并不十分在意，他常说："我以外戚的身份，得到了这么高的俸禄，却对社稷没有什么贡献，十分惭愧。再加上我身体羸弱，时常患病，就不要再勉强自己从事不能胜任的事情了。"三十六岁时，王锡便因病去世了，可谓天妒英才。

当时人们把王铨、王锡两兄弟称为"金昆玉友"。金，为世间至贵之物；玉，为世间至美之器。人们用"金、玉"来形容王氏兄弟的孝行，表达对他们的赞许和敬仰。

第六十八　乐颐之[1]

序：尝病[2]，与母隔壁，忍痛不为呻吟之声，啮被至碎[3]，恐母之哀[4]已也。

诗：痛殊[5]未易忍，绝不一呻吟。岂复知身疾，惟愁戚母心。

【注释】

1. 乐颐之：字文德，南朝人。　2. 尝病：尝，曾经。病，重病。　3. 啮被至碎：用力咬被子，直至被子破碎。　4. 哀：担忧。　5. 殊：的确，确实。

【解读】

这首诗讲的是南朝孝子乐颐之事母尽孝的故事。事迹见《南史·孝义传》。

乐颐之，字文德，其家族世代居住在南阳郡。他少年时就言行谨慎，成年后更是沉稳笃重。他担任京府参军时，父亲在郢城病故了。因距离遥远，一时并没有消息传来，但就在父亲病故的当天，远在千里之外的乐颐之突然感到心烦意乱，悲从中来，流泪不止。他预感家中有变，就赶紧请假返乡，行至半路，果然遇到了前来报信的人。乐颐之得知父亲病故的消息，悲恸难抑，号啕大哭，日夜兼程赶回家奔丧。一路上，乐颐之哀痛难解，一连数日水米不进，等回到家时，已经虚弱得快不行了。

父亲去世后，乐颐之侍奉母亲更加用心。有一次，乐颐之生了病，晚上因疼痛辗转难眠。他母亲就睡在隔壁房中，为了不打扰母亲休息，乐颐之咬着被子，强忍着病痛，一声不吭。等到了天明起来一看，被子都被咬破了。

朋友庾杲之去看望他，乐颐之很高兴，就留他在家吃饭。等到饭菜端上来后，庾杲之发现只有一条很小的干鱼和素菜汤，于是很不高兴，就说："我远道而来看望你，你却用这种粗劣的食物来招待我，这是待客之道吗？"乐颐之的母亲听到了，赶紧把自己吃的饭菜端出来给客人享用。庾杲之一看，有鱼有肉，荤素搭配，而且烹调得很精美。原来乐颐之为官清廉，家中比较清贫，他不愿让母亲受苦，就把仅有的好东西留给母亲吃，自己只吃粗粮。庾杲之默然良久，惭愧地说道："您真是茅季伟（即孝子茅容）一般的人物啊，可惜我没有郭林宗那样的雅量！"

乐颐之与前文提到的茅容，都是"谨身节用，以养父母"的典范。在中国传统的"五伦"之中，君臣、父子、兄弟、夫妇、朋友的次序非常重要。君臣为大，父子次之，朋友再次之。这并不是说中国人不重视朋友关系，而是相较而言，以友情为基础的朋友关系要疏于以血缘为基础的父子关系。乐颐之家境贫寒，虽然"有朋自远方来"，但在招待标准上，他认为也不能高过自己的母亲。生活在今天的人们，或许不必如乐颐之一般恪守五伦，但在招待朋友方面，也应量力而行，不可贪图虚荣，超出自己经济实力，否则不仅给自己增加经济负担，也违背了"谨身节用"的古训。

第六十九　何子平[1]

序：以俸米易粟麦[2]，曰："尊老[3]在东，何心独享白粲[4]。"珍肴[5]不可寄母，则不受[6]。

诗：干禄[7]本为养，资身[8]岂所安，珍肴与白粲，虽美若为餐。

【注释】

1. 何子平：南朝宋时人。　2. 以俸米易粟麦：将俸米换成小米和麦子。俸米，当时官员的俸禄用大米折算，故称俸米。易，交换。　3. 尊老：指老母亲。　4. 白粲：白米。　5. 珍肴：精美的食物。　6. 不受：不接受。　7. 干禄：指出仕做官。　8. 资身：资养身体。

【解读】

这首诗讲的是南朝孝子何子平孝敬母亲的故事。本事参见《宋书·孝义传》。

何子平，出身官宦世家，祖上世代居住在会稽郡，到他这一代，家道已经中落。他家教良好，少年时就有远大的志向和端正的品行，被乡里所称赞。何子平成年后，曾出任扬州从事史，每月领了俸禄白米，就拿到集市上换成小米和麦子。有人不解其故，就问他："你用白米换成小米和麦子，也赚不了几个钱，为什么还要如此折腾呢？”何子平答道：“我用米换麦并非为了赚钱，而是因为老母在家，平时只能吃小米和麦子，吃不到白米，我在这儿怎么能独自享用呢？”别人听了，都赞叹他是个孝子。平时要是有人赠送给他好一点的食物，如果不便寄给母亲，他就婉言谢绝。

何子平的母亲是偏房（即为妾），因登记有误，实际年龄虽然未到八十岁，但户籍上显示已经到了。当时朝廷有令，如果父母年满八十岁，官员必须辞职回家奉养，不得继续为官。于是何子平按规定离职返回家乡照顾老母。镇军将军顾觊之听说了这件事，就劝子平道：“令堂未满八十，这是大家都知道的，你为什么不分辩一下呢？你现在好歹还能领一份俸禄，能留下来就留下来吧。”何子平道：“既然户籍上登记的母亲的年龄已到八十，我便应该回家服侍她，哪能为了贪图一点儿俸禄，就恋着官位不走呢？”

何子平回家后，尽心竭力供养母亲。母亲去世后，他悲恸过度，以至于数次昏厥在地。当时正值刘宋孝武帝大明末年，兵荒马乱，再加上连年饥荒，何母的灵柩停在家中，竟然八年都不能下葬。何子平忧心如焚，终日在家中随意穿着，只以白粥果腹，从不吃菜；所居住的房屋也顾不上修葺，破败不堪。他的侄子想筹钱为他修整一下，也被他拒绝。何子平说：“老母去世八年，灵柩不得安葬，我为人子，如此不孝，还有什么资格去修整房屋？”

会稽太守蔡兴宗听说了何子平的事情，很是感动，就想办法帮他安葬了母亲。何子平为母亲守孝三年，严格按照礼制的规定，尽心尽力，以至于除服的那一天，身体瘦弱得不成人形。之后，何子平在家闲居，按时祭拜父母，不再外出做官，享年六十。

第七十　解叔谦[1]

序：母病。有老父遗[2]丁公藤[3]，因失所在[4]。有童子持髯蛇胆[5]授颜含[6]，忽不见。

诗：胆医颜母疾，藤疗解亲风。忽不见童子，俄然失老公。

【注释】

1. 解叔谦：字楚梁，南朝人。　2. 遗：给。　3. 丁公藤：一种中草药，有祛风除湿的功效。　4. 所在：踪迹，踪影。　5. 髯蛇胆：髯蛇，即蚺蛇，其胆是名贵的中药。　6. 颜含：字弘都，东晋人。

【解读】

这首诗讲的是两位孝子解叔谦和颜含为母亲和老嫂治病寻药不得，遇到仙人赐药的故事，载于《南史·孝义传》。

解叔谦，字楚梁，祖居雁门郡。他的母亲病了，卧床多日，请了多位名医不见好转，解叔谦忧心如焚，夜不能寐。这天夜里，解叔谦正在庭院中祷告，为母亲祈福，忽听得空中有人对他说："你母亲的病必须用丁公藤泡酒才能痊愈。"解叔谦闻言一惊，等仔细搜寻时，四下里一片寂静，哪里有什么人。解叔谦得知这是仙人垂怜自己，于是赶紧四处寻访丁公藤。谁知，问遍了城里的大夫，都说未曾见过。他又遍览医书，也没有查到。

一日，他来到宜都一带寻访丁公藤，在山中望见一老翁正在伐木，解叔谦上前深深一揖，问老人家可知何处能寻得丁公藤。老翁听后，便指着所伐之木，说：“此木便为丁公藤。”解叔谦闻言大喜，忙跪倒在地，求老翁赐药。老翁问明了原委，感慨不已，就把那段丁公藤截作四段，送给了解叔谦，并告诉他泡酒及服用之法。解叔谦感激地跪地拜受，等站起身来准备告辞时，发现老翁已经不见了。解叔谦方知老翁乃仙人所化，心中惊喜不已，赶紧返回家中，按照老翁所言之法，泡酒为药，让母亲服下。没过多久，母亲的病情果然大有好转。

颜含，字弘都，也是一位有名的孝子。他的父母及两位兄长去世后，家中只有二嫂樊氏一位亲人。俗话说，老嫂比母，颜含对待二嫂就如同对待母亲一般，十分孝顺。樊氏患了眼病，几近失明，生活不能自理。颜含每日亲自煎药送饭，尽心照顾，并四处寻访名医。有一次，一位名医告诉他，必须用蚺蛇胆入药，才能使樊氏痊愈。但蚺蛇乃是巨蛇，不是轻易可以见到的，蚺蛇胆更是千金难觅。颜含一时无法，整日忧愁难解。

这一日，颜含伺候樊氏服了药，正在家中闷坐，想着如何寻找蚺蛇胆。这时，一位青衣童子突然推门而入，将一个青色锦囊塞到颜含手中。颜含一惊，打开锦囊一看，竟然是一颗巨大的蚺蛇胆。颜含大喜，忙抬头看时，哪里还有什么童子。他赶紧跑到门外张望，只见一只青鸟在庭院上空盘旋一圈，便飞走了。颜含心知是仙人到访，连忙拜伏在地，磕头拜谢。

这两则故事都带有非常强烈的神异色彩，已经属于小说传奇的范畴了。晋至南朝时期佛教的兴盛，对当时社会的文化产生了深刻的影响。上文所述的两位孝子寻药遇仙的故事，就是受到了佛教因果报应思想的影响而产生的。

第七十一　王秀之[1]

序：遗令[2]："世人以仆妾[3]直灵助哭[4]，当由丧主[5]不能纯至[6]，欲以多声相乱[7]耳。"

诗：一事真堪笑，今人妾直灵。都缘[8]无至性，徒欲[9]乱多声。

【注释】

1. 王秀之：字伯奋，南朝人。　2. 遗令：临死前留下的告诫、嘱咐。　3. 仆妾：泛指奴仆婢妾。　4. 直灵助哭：在灵堂值守，陪同主人行哭礼。　5. 丧主：家主。　6. 纯至：指感情纯粹、真挚。　7. 乱：扰乱视听，使人不知真哭假哭。　8. 缘：因为。　9. 欲：想要。

【解读】

这首诗讲的是南朝孝子王秀之批评当时社会上丧礼风气不正的现象。事迹见《南史·王秀之传》。

王秀之，字伯奋，出身官宦世家，自祖父王裕之、父亲王瓒之以降，祖孙三代皆在朝为官，他们为官清正，从不阿附权贵，在朝中颇受敬重。王秀之曾任晋平太守，到任后第二年，王秀之就萌生了退隐之意。他对人说："晋平一带物产丰饶，朝廷给的俸禄非常充足，我现在辞官归隐的资产早已足够，不如让出这个位置，留给后来的贤者。”于是他上书朝廷，请求派遣其他有能力的官员来替代自己。当时的人们都笑话他，说王秀之这是害怕太富了吧。

王秀之心性淡泊，无意久居官位，一心想隐逸山林。他常对人说：做官至此，我就已经知足了，吴兴郡有我修建的隐逸之处，那里是我内心向往的地方。他辞官后，就来到吴兴归隐，不再过问世事。临终之时，他告诫子侄们：“很多人办理丧事，都让家里的仆人婢女哭灵值守，都是由于自己孝思不纯，情感不真，所以让他人号啕大哭，意欲混杂其中，让人觉察不出自己的虚伪。我死后，丧事一律从简，不可奢侈。你们也不要让仆人婢女参与哭灵，凡事一定要亲力亲为，不可假手于人。”说完，合目而终。

丧礼助哭，古来有之，这是一种传统习俗。据《周礼·丧大记》载，上至天子，下至士人，逢丧事都有助哭之人。哭泣，本来是因亲人去世，内心感到悲痛后自发的一种反应，但因为丧礼为古代礼制的重要部分，所以哭丧便带上了礼仪的内涵。《仪礼·士丧礼》对“代哭”注释说：“代，更也。孝子始有亲丧，悲哀憔悴，礼防其以死伤生，使之更哭，不绝声而已。”起初，助哭者只是在主人劳累之时暂代，但久而久之，助哭竟然发展成为了一种职业。直到今天，仍然有“哭丧婆”之类的民间职业存在，而且人数众多，收入不菲。

助哭盛行，反映的便是丧礼性质的变质。有些地方，吊孝期间，助哭者在灵堂内顿足捶胸，号啕大哭，口中还絮絮叨叨地诉说着死者生前的事迹，而“孝子”本人则在堂外殷勤待客，敬烟献茶，谈笑风生。当此之时，哀从何来？哭从何起？无哀之哀，正是可悲可哀之处。

第七十二　谢　𫍯[1]

序：年数岁[2]，所生母微贱[3]，得疾畏惊[4]，一家尊卑[5]感𫍯至性[6]，咸为纳屦行[7]、屏气语[8]。

诗：一家感儿孝，不欲使亲惊，尽作屏气语，咸为纳屦行。

【注释】

1. 谢𫍯（jiào）：字宣镜，南朝人。　2. 年数岁：指谢𫍯小时候。　3. 所生母微贱：谢𫍯的生母出身贫贱。　4. 得疾畏惊：得了疾病，畏惧惊扰。　5. 一家尊卑：指谢家一家上下。　6. 至性：纯真的本性，指孝心。　7. 咸为纳屦行：都脱掉鞋子走路，指走路声音很轻。　8. 屏气语：屏住呼吸说话，指说话声音很低。

【解读】

这首诗讲的是南朝的谢𫍯尽心侍候母亲的故事。事迹见《南史·谢晦传》。

谢𫍯，字宣镜，是南朝时期著名的谢氏家族的成员。谢𫍯小时候就非常懂事。他的母亲郭氏患病卧床，尽管家中有奴仆照顾，谢𫍯却担心有不周之处，亲自为母亲煎药、喂饭。郭氏出身贫贱，地位低下，一向胆小怕事，尤其是患病之后，对声音特别敏感，一听见什么动静就惊慌失措。谢瞻亲自服侍时，凡事都是轻手轻脚，唯恐惊吓到母亲。全家上下都被谢瞻的孝心所感动，于是都自觉地配合他，在郭氏居住的房子附近活动时，也都低声说话，甚至提着鞋子走路。

谢瞻小小年纪，就能如此孝顺，确实难能可贵。更令人感动的是，谢家上下能够全力去配合小谢瞻。“蓬生麻中，不扶而直，白沙在涅，与之俱黑。”一个人的成长跟所处的环境有着密不可分的关系。谢家作为名门望族，其家教传承由此可见一斑。

第七十三　谢　朏[1]

序：朏，庄[2]之子；超宗[3]，凤[4]之子，明帝[5]尝敕[6]二人，自凤庄门[7]入，超宗趋[8]往，朏不肯入[9]。

诗：直以父名戏[10]，其为君命同。朏能礼自处，似是胜超宗。

【注释】

1. 谢朏（fěi）：字敬冲，南朝梁时文学家，东晋著名政治家谢安的族孙。　2. 庄：指谢庄，谢朏的父亲。　3. 超宗：谢超宗，谢朏同宗。　4. 凤：指谢凤，谢超宗之父，谢灵运之子。　5. 明帝：宋明帝刘彧，字休炳，宋文帝刘义隆第十一子。　6. 敕：帝王的命令。　7. 凤庄门：宫廷中大门的名称。　8. 趋：小步快走。　9. 不肯入：不愿意进入（凤庄门）。　10. 戏：戏弄，开玩笑。

【解读】

这首诗讲的是南朝时的谢朏与谢超宗在对待父亲名讳这件事上的不同态度。事迹见《南史·谢朏传》。

避讳，是中国古代社会生活中一种非常普遍的文化现象。所谓避讳，就是在说话或写文章时，凡是遇到与本朝帝王或尊亲名字相同或谐音的字，都不能直接说出或写出，而要采取规避或改写、换字的现象，以表示对皇室和尊亲的尊重。

诗中提到的谢朏和谢超宗二人，都是南朝谢氏家族的成员，两人的禀性品格有很大不同。谢朏为人端庄持重，恪守礼制；谢超宗则恃才傲物，不拘一格。有一次，宋明帝刘彧想试一试他们二人的品行如何，就让他俩从凤庄门入宫觐见。两人接到传召后，马上动身前往。来到凤庄门前，谢超宗直接快步走进宫门，而谢朏却踌躇不前，不肯从此门进入。原来，谢朏的父亲名谢庄，谢超宗的父亲名谢凤，“凤庄门”同时犯了谢凤和谢庄的名讳。按照礼制，为人子不可以犯父讳，但是谢朏和谢超宗兄弟二人的表现却截然相反。据此，人们认为谢朏尊礼重道，可堪大任；而超宗虽文才过人，但遇事鲁莽不庄重，不堪重用。后谢朏两朝为官，一直受人尊重，并善始善终；而超宗却因屡屡出言不逊，触怒齐武帝，后被人诬陷入狱，发配边疆，在路上被人杀害。

孔子说君子有三畏：“畏天命，畏大人，畏圣人之言。”这里的“畏”，非畏惧之畏，而是敬畏之畏。凡人都要有所敬畏，遇到事情不可任性而为。谢朏和谢超宗便是例子：谢朏恪守礼法，谨遵孝道，遇事稳重，赢得了人们的尊重。谢超宗无视礼法，恃才傲物，最终招来杀身之祸。

第七十四　古成诜[1]

序：以风教[2]自任[3]，时韦高[4]慕[5]阮籍[6]为人，居丧[7]饮酒。诜泣曰："吾当手刃[8]之。"

诗：礼岂为我设，如伤风教何。不堪睎[9]阮籍，直欲刃韦高。

【注释】

1. 古成诜（shēn）：十六国时后秦人。　2. 风教：风俗教化。　3. 自任：以为己任。　4. 韦高：人名，事迹不详。　5. 慕：仰慕。　6. 阮籍：字嗣宗，三国时期曹魏诗人，竹林七贤之一。　7. 居丧：守孝期间。　8. 手刃：亲手杀了某人。　9. 睎（xī）：仰慕。

【解读】

这首诗讲的是十六国时期后秦孝子古成诜无法容忍他人在居丧期间饮酒作乐的事情。

古成诜为人耿直，恪守礼制，以匡正风俗为己任。当时有个叫韦高的人，非常崇拜魏晋名士阮籍的潇洒放纵，就处处仿效。按礼制，居丧期间不得参与娱乐活动，更不能饮酒吃肉。阮籍曾经在居丧期间饮酒，于是韦高也效仿他在居丧期间饮酒。古成诜听说后，非常气愤，常对人说："像韦高这样的不孝子，我若见了，一定亲手杀了他。"

魏晋时期的名士阮籍，是一个至情至性的人。他对当时司马氏政权统治下的黑暗社会深恶痛疾，对官场上的尔虞我诈嗤之以鼻。为了躲避当权者的骚扰与迫害，他故作轻狂，藐视礼法，并放言："礼岂为吾辈设也？"他反对的是司马氏政权统治下的虚伪礼法，而非传承千载的孔孟之道。他虽然在服丧期间饮酒，但却在葬礼上哀号悲泣，数次吐血晕厥，以至于哀毁骨立，差点儿因伤心过度而死。他表面上的放荡不羁，恰是他真性情的表现，因此阮籍是真名士。

仰慕古人之风雅，无可厚非，关键要真正理解古之君子的思想真谛。古之君子之所以为人所倾慕，在于他们高洁的道德品行和不同流俗的独立人格，比如孔子、屈原等。《儒林外史》中的元末大画家王冕，放达高洁，隐世不出。他仰慕屈原的为人，便自制高冠、荷衣，虽遭俗人嗤笑，但赢得了有识之士的赞赏，因为他的行为与品行是一致的。而韦高不过是一个单纯模仿阮籍行为的欺世盗名之辈，并不具备真名士的内在品格。阮籍居丧饮酒，韦高也居丧饮酒，他仅仅学到了阮籍的形，而远远没有悟到阮籍的神，东施效颦，委实可笑。古成选正是看到了韦高虚伪卑劣的一面，所以才气愤地说出了要杀掉他的话。

第七十五　华　宝[1]

序：八岁晋末[2]。父[3]戍长安，谓曰："须我还，为汝冠[4]。"后长安陷[5]，宝年七十不婚冠[6]。

诗：忆父去时语，迩来七十秋。终焉不忍冠，洒泪望秦州[7]。

【注释】

1. 华宝：南朝人。　2. 晋末：指东晋末年。　3. 父：指华宝的父亲华豪。　4. 冠：指举行冠礼。　5. 陷：被叛军攻陷，陷落。　6. 不婚冠：不举行冠礼，不娶妻。　7.秦州：指长安。

【解读】

这首诗讲的是南朝孝子华宝，因怀念父亲而终身不行冠礼、不娶妻的故事。事迹见《南史·孝友传》。

华宝是晋陵无锡人，他的父亲华豪，在东晋安帝义熙末年奉命随军队前往长安出征，当时华宝年仅八岁。临走之前，华豪对儿子说："等我回来了，为你举行冠礼。"冠礼，是古代男子的成年礼，一般在十五岁或二十岁时举行，由父亲亲自为儿子束发戴冠，表示儿子成年，此后便可以娶妻生子，担起家庭和社会的责任。小华宝记着和父亲的约定，在家中一边努力读书，一边等着父亲回来。

当时东晋朝廷正处于风雨飘摇之际，长安乃是西北重镇，防卫一直很紧张，华豪始终没有机会回来。后来，长安被匈奴攻陷，华豪战死沙场。消息传到家乡，华宝悲痛哭号，难以自抑。他时刻牢记着和父亲的约定，一直到了七十岁，都没有举行冠礼，也没有娶妻。每当遇到别人问起此事，华宝就悲从中来，老泪纵横，对着长安的方向流泪不已。

一言之诺，不想竟成永诀。苦苦等候，征人终未归来。华宝终生不冠，为的是保留一份对父亲的思念。未曾束冠的头发，就如同华宝孩童的记忆，丝丝不绝，绕指难断。仿佛一旦冠带加身，关于父亲的记忆便会随之飘忽消散。

第七十六　宗元卿[1]

序：祖母病[2]，元卿在远，辄心动[3]，大病则大痛，小病则小痛。

诗：异哉宗子孝，亲疾远关心。每念痛大小，因知疾浅深[4]。

【注释】

1. 宗元卿：字希蒋，南朝人。　2. 病：患病。　3. 心动：心中有所感应。　4. 浅深：指疾病的严重程度。

【解读】

这首诗讲的是南朝孝子宗元卿能感应祖母病情的故事。事迹见《南史·孝义传》。

宗元卿很小的时候，父母就去世了，他跟随祖母长大成人，与祖母感情很深。如果祖母患了病，元卿即使身在外地，心中也会有所感应。祖母的病情越重，这种内心的感应就越强烈。久而久之，元卿也就习以为常了。乡亲们都说元卿是个大孝子，简直与春秋时的曾子一样，干脆就称他为“宗曾子”。

第七十七　刘苞[1]

序：事嫡母[2]朱氏及所生母[3]陈氏，并扇席温枕。

诗：扇席更温枕，古人谁与同。一心奉二母，自是胜黄童[4]。

【注释】

1. 刘苞：字孝尝，南朝人。　　2. 嫡母：庶子称呼父亲的正妻。
3. 生母：亲生母亲。　　4. 黄童：指东汉孝子黄香。

【解读】

这首诗讲的是南朝孝子刘苞尽心侍奉嫡母和生母的故事。事迹见《梁书·文学传》。

刘苞四岁时父亲就去世了，到了六七岁的时候，每看到叔父、伯父，刘苞就常常哭泣不止。当时刘苞的叔伯都位居高官，刘苞的母亲就认为他是胆小怕人，就埋怨刘苞没出息。刘苞说："孩儿从小没了父亲，听说叔伯和父亲长得很像，所以看到叔伯，就想起了已经去世的父亲，故而哭泣。"母亲听了，颇为感动，于是也抱着刘苞流泪不已。

刘苞不是父亲的正妻所生，但他对嫡母朱氏和生母陈氏一视同仁，一并尽孝。后来，刘苞的母亲和两个哥哥相继去世，当时他尚未成年，只得在亲戚们的协助下暂时将亲人们埋葬。等到刘苞十六岁成人之后，才开始为亲人们迁坟，正式下葬。一切开销花费，都是刘苞一人想法筹集，并没有向叔伯们请求过任何资助。他的叔父刘绘对此赞叹不已，认为刘苞日后必成大器，后来刘苞果然官至太子洗马，辅佐太子政事。

刘苞的孝行与前文提到的黄香非常相似，但黄香侍奉的是自己的亲生父亲，而刘苞对待自己的生母和嫡母，一样克尽孝道，尤其可贵。

第七十八　庾道愍[1]

序：少失所生母，寻求至交州[2]，入一村，见一妪[3]负薪[4]，心动，访[5]之，乃其母也。

诗：交州一村里，有妪负薪行。万里庾道愍，心知为所生。

【注释】

1. 庾道愍：南朝人。　2. 交州：古地名。　3. 妪：老年妇女。
4. 负薪：背着柴火。　5. 访：询问。

【解读】

这首诗讲的是南朝孝子庾道愍千里寻母的故事。事迹见《南史·孝义传》。

庾道愍，是南朝时有名的孝子。他很小的时候，父亲就去世了，母亲因战乱流落到交州一带。等他长大之后，才知道自己的生母在交州。为了能够找到母亲，他到官府报名，自愿到广州（当时广州包括今广东、广西的大部分地区）绥宁府做一名府佐。当时那里环境恶劣，生活艰苦，没有人愿意离乡背井去那个地方。庾道愍自愿前往，朝廷当然不无应允。

庾道愍来到绥宁府后，发现绥宁离交州还有一段不近的路程。于是，他打好包袱，带上干粮，继续长途跋涉来到交州，寻找母亲，但交州地广人稀，而且风俗与中原迥异，语言也不通，想找到母亲谈何容易？庾道愍苦苦寻求了一年有余，也没有结果。他并没有放弃，发誓要寻遍交州每一个角落。

有一天傍晚，他来到了一个小村庄，突然天降大雨，只得找了一户人家寄宿。第二天早上起来时，庾道愍看到屋外有一位老婆婆背着柴火刚刚回来，他突然心中一动，似有所悟，连忙走到老婆婆面前，恭敬地向她问好，并委婉地询问她的身世来历。谁料想，这位老妇人竟然就是他的生母。庾道愍喜极而泣，母子二人抱头痛哭，吸引了众多村民前来观望。众人得知庾道愍不远万里来交州寻母，无不唏嘘感叹，称赞不已。

晋末战乱，导致北方人口大量南迁避祸，这也是中国历史上几次人口大迁徙之一。其中大部分人迁徙到了长江中下游地区，也有少数人继续南逃，到达今天的两广、云贵地区乃至东南亚一带。当时这些地方还比较原始荒凉，环境恶劣，但因远离战乱，一批北方人便定居下来，营建房舍，烧荒种粮，娶妻生子，繁衍后代，逐渐由外来者变成了土著居民。

庾道愍的家乡在河南颍川（今河南许昌境内），而他的生母流落到的交州，大概在今天的越南境内。从许昌到越南，距离遥远，在古代交通非常落后的情况下，可想而知，庾道愍这一趟寻母之路是何等艰辛！

迫使庾道愍辛苦寻母的直接原因是战乱。战火摧毁了家园，逼迫人们背井离乡，母子分离。生活在当下和平年代的我们，要珍惜当前生活的不易，现在的飞机、高铁非常便捷，即使万里之遥也能朝发夕至，我们还有什么理由不常回家看看？

第七十九　徐孝克[1]

序：每侍宴[2]无所食啖[3]，帝[4]后察知其欲遗母，敕自今孝克前馔[5]，并许将[6]还。

诗：自今所赐馔，特出许将还。为尔心饷[7]母，君前无所餐。

【注释】

1. 徐孝克：南朝人。　2. 侍宴：陪侍皇帝用膳。　3. 啖：同“啖”，吃。　4. 帝：指南朝陈高宗陈顼。　5. 前馔：徐孝克前面的食物。　6. 将：拿。　7. 饷：用酒食等款待。

【解读】

这首诗讲的是南朝孝子徐孝克偷拿御宴上的食物以供奉母亲的故事。事迹见《陈书·徐孝克传》。

徐孝克，是一位具有传奇经历的孝子。他幼年丧父，家境非常贫寒，跟随生母陈氏长大，后来任太学博士。南朝梁末年，京师动乱，又遇上饥荒，饿殍遍野。孝克虽然为官，但也仅免于饿死，后因战乱失了官。眼看家中渐渐没了粮米，母亲连粥都快喝不上了，孝克看在眼中，急在心里。他的妻子臧氏是领军将军臧盾的女儿，出身名门，容貌秀丽。他对妻子说：“现在家中已经断粮，与其全家饿死，不如你去找一户富人改嫁，不仅能吃上一口饱饭，免得跟着我受罪，而且老母也能多一份口粮，这是两全其美的事，不知你意下如何？”臧氏是个通情达理的女子，知道丈夫是个孝子，但她与孝克伉俪情深，一时难以接受，断然不从。孝克无奈，只得另想办法。

当时有个叫孔景行的人，家中颇有钱财，孝克便暗地里托媒人前去说合，孔景行看中了臧氏的美貌，便点头同意。于是，孔景行便带着许多仆从，直接来到孝克家里，强行娶走了臧氏。徐孝克看着妻子哭喊着离开后，默默地关上了家门，独自在房中痛哭了一番。此后，他将孔景行给的聘礼都留着供养母亲，自己分毫不取，依然每天食粥度日。孔景行给的财物虽然丰厚，但终究有限，时日一长，难免花销殆尽。孝克寻思了一番，便自行剃度，出家做了和尚，每天托着钵盂四处化斋，乞讨来的食物，大都留给了母亲，自己仅留一点活命。

后来，孔景行从军战死，臧氏便离开了孔家，前去寻找孝克。臧氏对孝克说：“以前你逼我改嫁是权宜之计，并非是有意抛弃我。我虽是女子，但也粗通情理，知道你一片孝心。现在孔景行已经过世，而且世道也渐渐好转，你我夫妻也该破镜重圆了。”在妻子的劝说下，孝克还俗归家，一家人重新团聚。

陈高宗即位后，国家渐渐稳定。徐孝克因为品行高洁，被推举为国子祭酒，常被召见进宫侍宴。每次侍宴徐孝克几乎不吃什么东西，但宴会结束后，他桌上的饭菜都会少掉一些。高宗感到很奇怪，就命人暗中调查，结果发现徐孝克在宴会临结束时，总是偷偷地往衣服里塞一些食物果品，带回去给母亲吃。高宗知道后，对徐孝克肃然起敬，下旨以后宫廷宴会结束后，允许他把面前的食物全部带回去供养母亲。当时的人们听说了这件事，都称赞徐孝克是孝子，高宗是明君。

第八十　雷　绍[1]

序：少习骑射[2]，后辞母京师[3]从学，尝读书至“人行莫大于孝[4]”，感叹还乡里侍养[5]。

诗：行莫大于孝，其如违养何。只消一句子，安用读书多。

【注释】

1. 雷绍：字道宗，北朝人。　2. 骑射：骑马射箭，指从小习武。　3. 京师：这里指洛阳。　4. 人行莫大于孝：人的品行中，没有比孝顺父母更重要的了。　5. 侍养：侍奉赡养（父母）。

【解读】

这首诗讲的是北朝孝子雷绍因读书悟出孝道，从而回家奉养母亲的故事。事迹见《北史·雷绍传》。

雷绍天生神力，年轻时喜欢骑马射箭，练就了一身好武艺。刚满十八岁，雷绍就入伍从军。有一次，他因公事进京，看到京城风物繁华，人们彬彬有礼，心中大为触动。回去后，他跟同僚说：“以前我以为自己生活在边疆，应当习武从军。到了京城之后，才知道读书是真正的出路。人生一世，如果不去读书求学，跟生活在山洞里的野人有什么区别？”于是，雷绍离开了军队，辞别了母亲，前往京城求学。数年中，他都埋头读书。当读到《孝经》中

“人行莫大于孝”这句话时，雷绍感叹道：“人的品行，最崇高的莫过于孝敬父母。如今我远离家乡，独自出来求学，实在不是为人子应做的。”于是，他马上启程返回了家乡，从此耕田种地，奉养母亲。母亲去世后，他在居丧期间悲痛过度，哀毁骨立，一时间孝名远播。后来他应朝廷征召，官至渭州刺史，封爵昌国伯。

雷绍为人慷慨好施，家里没有多余的钱财。临终之际，他告诫子孙：“咱们这里的丧葬习俗，喜欢杀狗宰马殉葬，完全没有必要。我死后，不要有什么陪葬品，其他事情一律从简。”于是，遵照他的遗愿，子侄们把他的遗体送回长安下葬。

东汉的班超为书吏时曾说：“大丈夫就应该像张骞那样，建功立业，以取得封侯的荣誉，岂能一辈子老死在笔墨之间！”于是，他投笔从戎，奔赴疆场，最终在出使西域的过程中，建立了功勋，被朝廷封为定远侯。雷绍的情形恰与班超相反，雷绍天生就是一位将才，却因读书醒悟，弃武习文，最终以孝名称闻于世。

无论是班超还是雷绍，他们的选择都没有错，他们的故事都体现了人生的价值。如何才能让自己的人生充满意义？有人选择了征战沙场，马革裹尸；有人选择了读书仕进，经营文章；还有人选择隐居山林，修悟真道。雷绍则选择了居家奉亲，他的内心因此得到了满足，他也得到了世人的认可。每个人的选择都是自由的，没有优劣高低之分，只要你能获得心灵上的安宁，就可以去追求。

第八十一 赵 琰[1]

序：以国禁[2]，积四十年[3]不得越关[4]葬二亲[5]于旧兆[6]，自痛恨，惟食麦，至绝盐味。

诗：礼称亲未葬，丧服不除焉。食麦断盐味，悲哉四十年。

【注释】

1. 赵琰：字叔起，北魏人。 2. 国禁：国家颁发的禁令。 3. 积四十年：一连四十年。 4. 越关：越过边界。 5. 二亲：父母双亲。 6. 旧兆：指赵琰家的祖坟。

【解读】

这首诗讲的是北魏孝子赵琰因禁令不能安葬父母、郁郁而终的故事。事迹见《魏书·孝感传》。

赵琰，祖籍甘肃天水。他幼年时期，北方战乱不休，赵琰由乳母带到湖北寿春，在那里一直生活到十四岁，才返回家乡。长大成人后，赵琰出仕做官，起初担任兖州司马，后来又担任淮南王府的长史。他的父母去世时，因为当时北方战乱未息，边关禁令甚严，不让大臣越关安葬双亲。这一耽搁，竟然将近四十年。赵琰每每想起此事，心中就惭愧不安，以不孝子自居，逢年过节，也不愿接受子孙的庆贺。即使到了花甲之龄，赵琰还是念念不忘归葬双亲的事，常感叹岁月无情，时日无多，而自己却难了心愿，于是每日吃斋，甚至断绝了盐味，唯以麦粥充饥而已。赵琰八十岁时去世，此后又过了几年，北魏迁都洛阳，局势暂时安定，他的儿子赵应才得以还乡葬祖。

落叶归根，是中国人的一份情感坚守。与前文提到的廉范相比，赵琰的遭遇更加令人动容。廉范之难，在于蜀道艰难，转运不易；而赵琰之难，在于军阀割据，故土难回。比起廉范，赵琰的归乡之行更加遥遥无期。生不得养，死不得葬，这是长期的军阀混战、政权割据造成的人道惨剧。古往今来，人们都希望国家能够和平安定，实则是对家庭美满、亲人团聚的渴望。

第八十二　房景伯[1]

序：为清河守[2]，召不孝者，观己事母[3]。其人愧，求去，不许，曰："虽颜惭[4]，心未改[5]。"

诗：亲见房太守，殷勤奉旨甘。那能不心愧，岂止是颜惭。

【注释】

1. 房景伯：字长晖，南朝人。　2. 清河守：清河郡太守。　3. 观己事母：（让不孝者）观看自己如何侍奉母亲。　4. 颜惭：表面上惭愧。　5. 心未改：内心还没有真正悔改。

【解读】

这首诗讲的是南朝孝子房景伯感化不孝子的故事。

房景伯很小的时候，父亲就去世了，他与母亲相依为命，侍奉母亲十分尽心。长大成人后，房景伯因为孝行被推举出仕。他做清河太守的时候，听说某地某人不孝父母，就传令将此不孝子唤来，让他住在自己家里，观看自己每天如何侍奉母亲。不孝子一连观看了好几天，被景伯的孝心深深感动，心中十分惭愧，表示悔过，恳求景伯放自己回去，但景伯的母亲没有同意。她对景伯说："有些人嘴上是悔改了，可心中还是执迷不悟，需要多多磨炼。"于是，景伯继续将此人留在自己家中，每日都要训诫一番，直到他真心悔过，才放他回去。此人以后果然在家老老实实地孝顺母亲，再未做过忤逆之事。

房景伯不仅事母至孝，而且为官宽简，朝廷对他也很器重，不断提拔他，官至辅国将军、司空长史。后来，房景伯的母亲病危，他就辞去了官职，在家一心照料老人。母亲去世后，房景伯悲痛过度，居丧期间连有盐味的菜都不吃，结果得了水肿之病，身体状况越来越差，五十岁时就去世了。

行孝是一件“旷日持久”的事情，若只是眼睛里瞧瞧，嘴皮上说说，到底都是皮毛功夫。房景伯以身作则，亲身示范，展示出了强烈的道德自信。孔子说：“其身正，不令则行；其身不正，虽令不从。”比起道德说教，身体力行更能打动人心，收到的教育效果也是最好的。

第八十三　崔道固[1]

序：母贱[2]，诸兄[3]逼其母持炙[4]致[5]宾前，道固惊接[6]，谓客曰："老亲自执劬劳[7]。"

诗：是谁迫我母，持炙至诸宾。惊起自接取，云宾此老亲。

【注释】

1. 崔道固：字季坚，南朝人。　2. 贱：身份卑贱。　3. 兄：指崔道固同父异母的兄弟们。　4. 持炙：呈上烤肉。　5. 致：送到。　6. 惊接：惊起而接住。　7. 劬劳：劳苦，劳累。

【解读】

这首诗讲述的是崔道固不嫌母亲出身贫贱、当众认母的故事。事迹见《魏书·崔玄伯传》。

崔道固，字季坚，出身清河崔氏。他的父亲崔辑曾任泰山太守，在当时颇有名望。道固的母亲是崔辑的侍妾，故而道固是庶出，在崔家地位比较低下，几个同父异母的哥哥对他非常轻视，时常想法子折辱他。

崔道固成年后，崔辑推荐他出来做官，在兖州刺史刘骏（宋文帝刘义隆之子）手下任职。崔道固精明能干，很受刘骏的赏识，于是又被推荐给青州刺史担任治中。

崔道固受到重用后，当地官员自长史以下都前来拜贺。崔道固的几个哥哥看到这个出身卑贱的弟弟居然高朋满座，心中都十分嫉妒，便想出个坏主意来当众折辱道固。于是，他们把道固的母亲叫过来，逼迫她去为客人上菜。这些都是奴仆干的事，因道固的母亲身为侍妾，在家中地位不及正妻所生的几个儿子，只得忍气吞声，端着盘子给客人们呈上烤肉。

崔道固正与客人畅饮，忽然发现自己的母亲来到堂上，像奴仆一样为客人服务，大惊失色，心中明白肯定是那几个不成器的哥哥所为。道固虽然又惊又怒，但满屋都是客人，也不好发作。他立刻站了起来，上前接过烤肉，满怀歉意地对众位客人说："这位乃是家母，亲自来为诸位上菜。"众宾客一听，都慌忙站起来向她施礼。母亲对道固说："我身份微贱，不足以回礼，你代我向各位大人答谢吧！"于是，道固再次向众宾客回礼。众人见了，都从内心钦佩道固母子的为人。

崔道固认母与霍去病认父，情形十分相似，但又有着很大的不同。霍去病认父，是在已经知情的情况下有备而来，与父亲当街相认，而崔道固认母，面临的却是猝不及防的尴尬情形。比起叱咤风云的霍大将军，一介书生的崔道固承受的压力更大，而崔道固却能不卑不亢、从容不迫地上前认母，还能如实地向在座的宾朋介绍自己的母亲，这份气度就远在他的几位同父异母的哥哥之上。

第八十四　陈叔达[1]

序：御前赐蒲萄[2]，不食，曰："臣母病渴，愿归以遗母。"帝[3]喟然曰："卿有母遗[4]乎！"

诗：蒲萄归遗母，所嗜固应思。卿乃有母遗，谁知此语悲[5]。

【注释】

1. 陈叔达：字子聪，南朝陈宣帝第十六子。　2. 蒲萄：即"葡萄"。　3. 帝：指唐高祖李渊。　4. 卿有母遗：出自《左传·隐公元年》中郑庄公之语。意思是"你还有母亲可以孝敬，而我连母亲都没有了"。　5. 谁知此语悲：谁能知晓这句话中流露出的悲凉之情。此时李渊的母亲已经去世了。

【解读】

这首诗讲的是唐初孝子陈叔达留下御赐的葡萄送给母亲享用的故事，载于《旧唐书·陈树达传》。

陈叔达，是南朝陈后主同父异母的弟弟。他历仕陈、隋、唐三朝，为人沉稳低调，务实干练，故而受到重用，位至公卿。

有一次，高祖李渊宴请群臣，果品中有西域进贡的葡萄，众人都争相品尝，而陈叔达却没有吃，只是将自己的那份葡萄装入袖中。李渊不解其意，就问他为何不吃。陈叔达道："家有老母，患了口渴病，听说葡萄能使人口生津液，所以微臣想带回家让母亲尝尝。”李渊听后，感叹道：“爱卿还有母亲可以孝敬啊！”宴会结束后，李渊特意赏赐了叔达一些财物，让他回去孝敬母亲。

李渊的感叹，是借用了春秋时期郑庄公之语，只不过情景完全不同。当初郑庄公与母亲武姜因弟弟共叔段谋反一事，感情破裂，后因贤大夫颍考叔的指点，两人才重归于好。一句“尔有母遗，緊我独无”，饱含了庄公苦涩、悲伤、无奈之情；而李渊的感叹，情感表露得较为单纯。李渊的父亲李昞去世得早，家事全靠母亲独孤氏操持。独孤氏持家谨严，对待子女要求非常严格，到了晚年，积劳成疾，脾气暴躁，儿媳们都不敢亲近她，唯有李渊的妻子窦氏与婆婆相处甚好。窦氏早晚问安，伺候婆婆起居，深得独孤氏的信任，独孤氏也因此与李渊感情最深。李渊为人非常宽厚，对待父母也非常孝顺。母亲去世后，李渊内心思念不已，见到陈叔达的孝行，触动了内心的孝思，故而才有了庄公之叹。

第八十五　狄仁杰

序：求代郑崇质[1]使绝域[2]，以郑母老疾[3]。宗元[4]愿以柳[5]易播[6]，曰：梦得亲在堂[7]。

诗：狄请使绝域，柳甘易播州。为怜刘母在，深恐郑亲忧。

【注释】

1. 郑崇质：狄仁杰任并州法曹时的同僚。　2. 绝域：极遥远的地方。　3. 老疾：年老多病。　4. 宗元：唐代文学家柳宗元，字子厚。　5. 柳：柳州，位于今广西壮族自治区。　6. 播：播州，今属贵州遵义。　7. 梦得亲在堂：梦得，刘禹锡的字。亲在堂，母亲尚在人世。

【解读】

这首诗讲的是唐代的两位孝子狄仁杰、柳宗元成全他人孝道的故事。事迹见《新唐书·狄仁杰传》。

狄仁杰年轻时曾任并州法曹，常为他人排忧解难。其同僚郑崇质受命出使西域，不久就要启程。西域路途遥远，往返一次要数年之久。崇质尚有老母，无人奉养，为此他终日愁闷。狄仁杰听说此事后，主动要求代替郑崇质出使。

柳宗元与刘禹锡同为唐朝著名诗人，他们在生活中也是很好的朋友。两人曾一起参加“永贞革新”，因得罪权贵，被贬出京城。当时，柳宗元被贬柳州，而刘禹锡被贬到更加远的播州。柳宗元考虑到刘禹锡有八十岁的老母需要奉养，就上书朝廷，请求自己与刘禹锡调换贬所。后来，在京城友人的帮助下，刘禹锡最终改贬到连州（在今广州清远）。

狄仁杰和柳宗元，就是古之君子的典范。人们常说“赠人玫瑰，手有余香”。在力所能及的情况下，伸出援助之手，帮助他人渡过难关，是一种可贵的美德。而狄仁杰和柳宗元对他人的帮助，比“成人之美”又更进了一层。因为，为了成全别人的孝道，他们付出了很多。比如狄仁杰，郑崇质与他并非深交，仅仅是同僚而已，但狄仁杰却主动提出代替郑崇质出使西域。在当时，出使西域并非“美差”。西域距离中原万里，往返途中艰辛更不必细说，还可能有生命危险。只因顾及他人的孝道，狄仁杰就甘冒危险，不辞艰辛，这份气度和胸怀远非常人能及。再如柳宗元，播州属于今贵州省遵义市，在唐代属于极偏远的地方，环境十分恶劣。柳宗元当时也是贬官，但他在人生最低谷的时候仍然能够念及他人，并愿意以自己仅有的一点资源，减轻他人的母子离别之苦，这一行为，就不能仅仅以“君子成人之美”来解释了，应该是“老吾老，以及人之老”的博大胸怀了。

第八十六　颜真卿[1]

序：以孝称。禄山[2]反，独真卿城守[3]。帝[4]曰："朕不识真卿何如人，所为乃若此。"

诗：只是见忠节，何曾省[5]孝诚。唐宗休叹息，犹未识真卿。

【注释】

1. 颜真卿：字清臣，唐朝名臣，著名书法家。　2. 禄山：安禄山，"安史之乱"的发动者之一。　3. 城守：镇守城池。　4. 帝：指唐玄宗李隆基。　5. 省（xǐng）：醒悟，明白。

【解读】

这首诗讲的是唐代孝子颜真卿坚守城池打击叛军的故事。事迹见《新唐书·颜真卿传》。

颜真卿，唐代著名书法家。他幼年时父亲就去世了，他跟随母亲长大成人。成年后，文才过人，而且侍奉母亲极为孝顺，孝名远播。后来因为他直言进谏，得罪了权臣杨国忠，被贬出京，任平原郡太守。

当时安禄山任河东节度使，平原郡正在其辖区之内。颜真卿通过观察分析，断定安禄山必定会反叛，于是就以预防夏季洪水冲垮城墙为由，在平原城大兴土木，加固增高城墙，并拓宽了护城河，实际上暗中加强了城池的防卫。颜真卿为了进一步迷惑安禄山，整日与一帮文人墨客游山玩水，吟诗作赋，不问政事。安禄山听人汇报后，认为颜真卿不过是个书呆子，就对他放松了警惕，没有刻意防范。

后来，安禄山果真造反，他联合范阳节度使史思明，发兵十五万，直指长安，史称“安史之乱”。河北一带的州郡官吏要么望风而逃，要么开城投降，唯独颜真卿坚守平原城，对叛军进行了激烈的抵抗。他将原来的三千守军扩充成一万人，一边紧闭城门，坚守不出；一边派人从小门出城，连夜向朝廷求援。起初，唐玄宗还在埋怨整个河北没有一个忠臣，直到接到了颜真卿的汇报，才转忧为喜，对人说：“我本来不知道颜真卿是个什么样的人，没想到他竟然做到了这一步！”后来颜真卿被叛将李希烈杀害。叛乱平定后，颜真卿被追赠司徒，谥号“文忠”。

唐玄宗在其统治后期，沉湎于声色犬马，好大喜功，挥霍无度，宠信佞幸，致使朝野上下奸佞林立，正直忠贞者如颜真卿辈，横遭贬斥，沉沦下僚。有道是路遥知马力，沧海横流，方显英雄本色。古人云：“求忠臣必于孝子之门。”颜真卿居家孝顺父母，出仕为官造福一方，危难之际又能够砥柱中流，坚贞不屈，可谓有勇有谋，忠孝两全。

第八十七　元德秀[1]

序：字紫芝，贫举进士，不忍去母左右[2]，自负母入京师[3]。

诗：进士能举母，偏亲可忍离。紫芝亦良苦，负母入京师。

【注释】

1. 元德秀：字紫芝，唐朝著名诗人。　2. 左右：身边。　3. 京师：指唐代都城长安，今陕西西安。

【解读】

这首诗讲的是唐代孝子元德秀背着母亲进京赶考的故事。事迹见《新唐书·卓行传》。

元德秀，唐代著名诗人。因父亲去世得早，他自幼跟随母亲生活。虽然家境贫寒，但德秀没有因此耽误读书，最终考中了进士。考中进士之后，需要进京授官，元德秀考虑到自己独自进京，老母在家无人照料，思来想去，他决定背着母亲一同进京。于是，元德秀背着老母亲，一路跋涉，步行至京城长安。进京后不久，母亲因病重不幸去世。德秀悲痛万分，在母亲墓前筑草庐居住，每天仅以白粥菜叶为食，地上连席子都不铺。服丧期满后，朝廷嘉奖其为孝子，任命他为龙武军录事参军，后又为鲁山县令。

元德秀在鲁山县令任上期满后，就辞官离去了。他为官清廉，平时所得的俸禄都周济了贫苦百姓，离开的时候行囊中空空如也，但他却毫不在意，坐着一辆破柴车就走了。他平时特别喜爱陆浑一带的山水，于是就在此定居了下来，开设私塾，教授学生，直到去世。

当时的宰相房琯对元德秀推崇备至，经常对人说："见紫芝眉宇，使人名利之心都尽"。北宋时期的司马光也曾称赞元德秀"性介洁质朴，士大夫皆服其高"。元德秀一生受道家思想影响很深，他品行质朴，崇尚自然，虽然出仕做官，却没有把仕途作为人生第一选择。一方面，他恪守着儒家的礼制法度，侍奉母亲，读书仕进，忠孝两全；另一方面，他又淡泊名利，不置办产业，也没有多余的家财。元德秀一生未曾娶妻，他说有哥哥的儿子就足以为家族传宗接代。他的选择，可以说是前半生遵循儒家，后半生沉浸道家，可与东汉名士郭林宗"隐不违亲，贞不绝俗"相媲美。

第八十八　张志宽[1]

序：为里正[2]，忽诣县[3]，称母疾，求归。曰："母有疾，志宽辄[4]病。"令[5]驰验如言[6]。

诗：何忽省母病，每因身疾知。可怜张里正，尚得令君疑。

【注释】

1. 张志宽：唐朝名士。　2. 里正：唐代负责户籍、赋税的小官。　3. 忽诣县：忽然到县里去见县令。　4. 辄：就。　5. 令：县令。　6. 驰验如言：（县令）派人骑马前往查证，果如张志宽所说。

【解读】

这首诗讲的是唐代孝子张志宽事母尽孝的故事。事迹见《新唐书·孝友传》。

隋朝末年，张志宽的父亲去世了。张志宽服丧尽孝，哀毁骨立，因而孝名远播，在州里有着很高的声望。当时天下大乱，战火四起，百姓深受其苦。王君廓的军队劫掠安邑城时，经过张志宽居住的地方，王君廓特意下令不得进去骚扰。附近的居民因此得以保全性命的有百余家。

唐朝建立后，社会局势逐渐安定。张志宽因为品行出众，被推荐担任里正。有一次，正在当值期间，他突然到县衙告假，说是母亲患病，需要马上回家探望，并解释道："我的母亲一旦患病，我身上也会感到不舒服，所以我必须马上回家照顾母亲。"县令一听，认为张志宽胡说八道，借故偷懒，就把他关押在牢中，然后派人快马加鞭赶到他家中查证。差人回来后报告，果然如张志宽所言，他的老母亲已经病了两天了。县令大惊，赶紧放了张志宽，并勉励了一番，送了一些财物，让他回家照顾母亲。

母亲去世后，张志宽亲自背土垒砌坟墓，并在四周种植了松柏，每日祭拜恸哭，听见的人都忍不住流泪。唐高祖李渊听说了他的事迹，也很受感动，特意派使者带着礼物前去吊唁，并拜他为员外散骑常侍。

张志宽与母亲之间的"心灵感应"与前面提到的宗元卿的事迹比较相似，都是母子连心，相互挂念，以至于心心相印。

第八十九 赵 隐[1]

序：为相[2]，退朝侍养如布衣[3]，常侍母观御宴[4]，隐率百官拜恩于庭，回班[5]候[6]起居。

诗：至今说花县[7]，当日奉潘舆[8]。未必若赵母，回班候起居。

【注释】

1. 赵隐：字大隐，唐朝大臣。 2. 为相：担任宰相。 3. 布衣：指普通百姓。 4. 御宴：宫廷宴会。 5. 班：指百官朝贺时所站的位次。 6. 候：侍候。 7. 花县：指晋代的潘岳。 8. 潘舆：指潘岳为方便母亲出行而特制的一种木板车。舆：车。后来以“潘舆”为孝亲的典故。

【解读】

这首诗讲的是唐代孝子赵隐时刻不忘照顾母亲的故事。事迹见《新唐书·赵隐传》。

赵隐的父亲名赵存约，在担任兴元节度判官时，遇军士叛乱，与李绛共同坚守抵抗，死于乱军之中。赵隐当时尚年幼，遭此大难，悲痛万分，与哥哥赵骘在父亲墓前守了几十年，闭门读书，不参加科举，也不接受朝廷的征召。后来，在亲友的一再劝说下，赵隐才参加科考，后来仕途顺利，一直做到宰相的高位。

赵隐拜相之后，逢年过节，文武百官都要到他府上向其母亲请安。唐懿宗寿诞之日，朝廷在慈恩寺大宴群臣，赵隐便用小车载着母亲一同参加。他身为宰相，要率百官向皇帝朝贺。朝贺完毕，赵隐便回到班次中，继续伺候母亲，一时传为美谈。

西汉初期的宰相陈平曾说："宰相者，上佐天子理阴阳，顺四时，下育万物之宜，外镇抚四夷诸侯，内亲附百姓，使卿大夫各得任其职焉。"可见，宰相的职责是非常重要的：辅佐帝王、统领群僚、总揽机务。宰相位高权重，非同小可，可以说是天下士人的领袖。所以，宰相自身的形象非常重要，其行为举止不仅是个人之行为，而且是关乎国体、政体的大事。古代以"孝"治天下，孝道是人伦之根本，国家之大计，宰相总揽政务，孝道亦是为政之重要内容。赵隐深谙其中的道理，他亲自伺候母亲饮食起居，无疑为百官和士人做了一个表率。

第九十　路　随[1]

序：父泌陷敌[2]，随尚婴孺[3]，及长[4]，日夜号泣，母告以其貌酷类[5]父，终身不引镜[6]。

诗：儿貌酷类父，母知儿不知，可堪引镜照，正复益[7]儿悲。

【注释】

1. 路随：一作路隋，字南式，唐朝中期宰相。　2. 父泌陷敌：路随的父亲路泌陷入敌军的包围被俘。　3. 婴孺：指孩提时期。　4. 及长：等到路随长大成人。　5. 酷类：酷似。　6. 引镜：持镜。　7. 益：增加。

【解读】

这首诗讲的是唐代孝子路随知道自己容貌酷似父亲后终身不照镜子的故事。事迹见《旧唐书·路随传》。

路随的父亲路泌曾跟随大将浑瑊前往平凉同吐蕃会盟，结果遭到袭击，史称“平凉劫盟”。路泌被俘后被软禁在吐蕃，至死未能返回中原。路随当时年纪尚幼，等稍稍长大一些，知道自己的父亲被困在吐蕃，便日夜啼哭，坐卧都要向着吐蕃的方向。母亲告诉路随，他长得酷似父亲，于是他就终身不照镜子，以免徒增悲伤。

幼年失去父亲，对路随的影响很大。他始终未曾忘记父亲被困异域，并以此勉励自己，发愤图强，力求上进，最终位居宰辅之职，为唐朝的复兴贡献了毕生的心血。贞元十九年，吐蕃主动要求讲和，路随知道这件事后，立刻上书朝廷，恳请同意吐蕃和谈。但朝廷一直不太信任吐蕃，担心再发生撕毁盟约的事件，故而对和谈态度冷淡。路随不死心，连上五封奏章，恳请同意和谈。他又不断写信给当朝宰相以及众多大臣，请求协助。在众人的努力下，唐德宗终于同意了和谈，并特意指出让吐蕃送还被软禁在吐蕃的唐朝官员。吐蕃同意了朝廷的要求，派遣使者前往长安，带去了路泌等人的遗体和物品。路随见父亲已经去世，恸哭不已，朝野上下亦为之感伤。德宗也颇为感慨，下旨追赠路泌为绛州刺史，并赐绢二百匹。到了路泌下葬那天，德宗又命当地官员前往协助办理丧事。

路氏父子的遭遇，反映了中唐时期唐政权与吐蕃之间政治军事斗争的一个侧面。有唐一代，唐与吐蕃之间的关系非常复杂。唐朝建立之初，尤其是唐太宗李世民在位期间，与吐蕃有过一段相对友好的阶段，文成公主与松赞干布的和亲被人们津津乐道。随着唐朝国力的强弱起伏，与吐蕃之间的关系也是时好时坏。唐德宗时期，虽然国力有所回升，但始终不能恢复到“安史之乱”前的水平，与周边少数民族政权的关系也一度非常紧张。“平凉劫盟”就是当时唐朝国力衰退的一个证明。

有国才有家，国兴则家兴，国亡则家亡。路随的父亲路泌，可以说是当时历史的见证者和受害者。

第九十一　许孝谨[1]

序：甫[2]三岁，母病，不饮乳[3]，有忧色，或以珍饵[4]悦之[5]，不食，还以进母[6]。

诗：既不忍饮乳，还能知奉亲。何曾自人教，端是出天真[7]。

【注释】

1. 许孝谨：唐朝人，生平事迹不详。 2. 甫：才。 3. 饮乳：喝奶。 4. 珍饵：珍贵美味的食物。 5. 悦之：使（许孝谨）高兴。 6. 还以进母：转而进奉给母亲。 7. 天真：指纯真的本性。

【解读】

这首诗讲的是唐代孝子许孝谨三岁孝母的故事。

许孝谨，唐代孝子。据说在他三岁的时候，母亲患了重病，卧床不起。小孝谨便整天闷闷不乐，不吃不喝。大人们拿着好吃的哄他开心，他不吃，而是把这些吃食送到了母亲房中。这时大人们才明白，原来小家伙是为了母亲的病而担心忧虑，于是纷纷夸他懂事。

三岁小儿，不见得懂得什么人伦孝亲的大道理，但能从纯真的天性出发，体恤母亲，急长辈之所急，想长辈之所想，其名孝谨，可谓人如其名了。

第九十二　柳　玭[1]

序：戒子[2]曰："名门子孙，稍有纤瑕[3]，十手所指[4]，生虽苟禄[5]，死何面目见祖先地下。"

诗：名父难为子，纤瑕即辱身，直须留面目，他日见先人。

【注释】

1. 柳玭:唐代书法家柳公绰之孙，柳仲郢之子，京兆华原人。
2. 戒子：告诫子女。　3. 纤瑕：指小的过失或污点。　4. 十手所指：喻许多人指责。　5. 苟禄：指苟且享受朝廷的俸禄。

【解读】

这首诗讲的是唐代孝子柳玭告诫子孙要谨言慎行的故事。事迹见《新唐书·柳公绰传》。

柳玭出身名门，祖父辈都位居高官。他的祖父柳公绰官至兵部尚书、太子太保，且为人端正，家法严苛。后世说起家法典范，必然会提起柳氏。柳玭秉承家风，为人低调，门人子弟都恪守家法，不惹是生非。他曾写下《诫子弟书》，告诫后代子孙："你们出身显赫的门第，内心应该常怀敬畏心，而不是自大。你们平时的一举一动若有了过错，就会有许多人指责你们，这样，你们将来有何面目去见地下的先人？"

很多历史上的名人都留下了《诫子书》之类的训诫文章。如郑玄、诸葛亮、张之洞等，颜之推还有一部著名的《颜氏家训》。这些著作反映了我国古代传承久远的家风文化，是中华民族优秀传统文化中的重要组成部分。

古代的世家大族，占据了大量的社会资源，位居普通民众之上。正因为位高权重、生活优越，才更容易成为众矢之的。所以，一些有远见的世家大族，都会严格约束家中子弟的行为举止，防止他们招惹祸端，引来杀身灭族之祸。

春秋时期宋国大夫正考父，身为三朝元老，为人处世极为低调。他家中的家鼎上刻有铭文，称“一命而偻，再名而伛，三命而俯。循墙而走，亦莫余敢侮”。意思是说，我每次得到君主的提拔，态度便愈加恭敬，身子一弯再弯，走路都是沿着墙根走，虽有些过分谨慎，但正是这样的谦虚谨慎，才未招来侮辱。

古人云，日中则昃，月盈则亏。所以，古代的世家大族，看似荣耀一时，实则处在极其危险的境地。作为大家族的子弟，约束自己的言行，规范自己的举止，不仅仅是个人修养的要求，更是对整个家族负责任，这也属于孝道的一部分。

第九十三　韦　温[1]

序：病召亲属，赋父绶[2]诗："在室愧屋漏[3]"，因泣曰："今知没身[4]不负斯诫矣。"

诗：常恐愧屋漏，追怀在室诗。可怜忍死诵，不负乃今知。

【注释】

1. 韦温：字弘育，唐朝大臣。　　2. 父绶：韦温的父亲韦绶，字子章。　　3. 在室愧屋漏：出自《诗经·大雅·抑》："相在尔室，尚不愧于屋漏。"即使身在暗处，依然问心无愧。屋漏，指神明。4. 没身：终身。

【解读】

这首诗讲的是韦温不负父亲的期望、洁身自好的故事。事迹见《旧唐书·韦温传》。

韦温出身于唐代著名的韦氏家族。他自幼聪明好学，七岁时，就已诵读诗书数千言，十一岁时，韦温科举高中，被授予咸阳尉的官职。当时他父亲韦绶已经告老还乡了，在家中听说儿子竟然被授了官职，十分惊讶，怀疑儿子结交了权贵。等韦温回家后，韦绶在庭院中摆上酒宴，当场出了两个题目让韦温写文章，韦温文不加点，挥笔立就。韦绶阅卷后，感叹道："看来我儿问心无愧啊！"

韦温出仕后，为官清正，常常直言进谏，不畏权贵，从天子到同僚，对他都很敬畏。在他临终之际，念诵着当年父亲所作的诗句“在室愧屋漏”，流着泪对众人说：“到现在我可以说没有辜负父亲的告诫了。”说完，合目而终。

《中庸》有言：“君子慎其独也。”慎独，是读书人要面对的一大关口。东汉经学大师郑玄解释“慎独”为“慎其家居之所为”。公共场合之中、众目睽睽之下，人人都会讲究公德，进退周旋、行为举止自然合乎礼仪法度；而在私密空间之中、一人独处之时，还能不能做到谨慎自持，确实非常考验人。《大学》云：“小人闲居为不善，无所不至，见君子而后厌然，掩其不善而著其善。”意思是说，小人一旦独处室中，无人监督，便做事无所顾忌，见到他人后又虚伪地隐瞒自己，就好像一直做好事一样。古人追求“慎独”，既是一种修养，也是一种人生境界。有些人虽然表面上冠冕堂皇，在背地里却做些蝇营狗苟之事；端坐高台之时正义凛然，满口道德文章，却不料想唾液未干，即被揭发贪赃受贿，锒铛入狱，这些都是缺乏“慎独”的表现。韦温一生谨慎，牢记父亲的教诲，最后临终之际，能够坦然面对一生，光明磊落，不仅私德无亏，亦是大孝之人。

第九十四　林　攒[1]

序：为福唐[2]尉，弃官侍母疾，庐墓降甘露，诏立双阙[3]，又表其庐[4]，时号“阙下林家”。

诗：七闽[5]独莆郡，双阙郁相望。岂识林孝子，曾来尉福唐。

【注释】

1. 林攒：唐代名士。　　2. 福唐：地名，今属福建福州。

3. 阙：古人墓前两边所立的石牌坊。　　4. 表其庐：古时朝廷为了表彰品行高尚之人，在其门前立牌坊或赐以匾额。表，旌表。庐，指林攒在母亲墓前搭建的草庐。　　5. 七闽：代指福建。

【解读】

这首诗讲的是唐代孝子林攒弃官事母的故事。事迹见《新唐书·孝友传》。

林攒，曾任福唐县尉。他的母亲常年多病，林攒上任之后，还没来得及迎接母亲到任所，老人家就已经病危了。林攒听到消息后，马上辞官回家，不分昼夜地伺候母亲。母亲去世后，他悲伤过度，以至数天水米不进，差点儿丧命。为了给母亲营建坟墓，林攒不顾自己是一介书生，坚持烧窑做砖，砌造墓室，然后负土成坟。林攒的母亲下葬的那天，天降甘露，有数十只白鸟在墓地上空盘旋，人们都说这是祥瑞的象征，是林攒的孝心感动了上天。

当地官员听说了林攒家的神异事件后非常重视，就派人去林攒母亲的墓地上查证是否属实。等官府人员来到的时候，恰好降下的甘露已经干了，白鸟也已经不知去向。前来查证的官吏就怀疑林攒故弄玄虚，林攒有口难辩，跪在地上大哭，喊道："这是上天要加害于我吗？"正哭泣间，天上再次降下甘露，白鸟也飞来在墓地上回旋起来。查证官吏目睹了祥瑞，也感到非常惊奇，就如实向上级做了汇报。于是，朝廷下旨，在林母墓地前树立两座石牌坊，以示嘉奖，又免除了林家的赋税徭役。这件事在当地传为美谈，林家也被称为"阙下林家"。

这则故事也带有浓厚的神异色彩，应是人们为了感念林攒的孝行，编撰出来表达肯定、赞美之意的。在古代，士人十年寒窗苦读，通过科举取得功名，是当时出人头地的首要途径。可是林攒上任后想到的第一件事，便是接母亲过来安度晚年，当听到母亲病危的消息，又立刻辞官回家，说明他始终把孝道放在第一位，母亲在他心目中的地位无可替代。

第九十五　缇　萦[1]

序：父淳于公[2]有罪当刑[3]，萦上书，乞没为官婢[4]赎父罪，文帝悲怜之，诏除[5]肉刑。

诗：仁矣文皇诏，悲哉少女书。至今民受赐，非但活淳于。

【注释】

1. 缇萦：复姓淳于，名缇萦，西汉人，太仓令淳于意之女。　2. 淳于公：指缇萦的父亲淳于意。　3. 当刑：应当处以肉刑。　4. 官婢，古时因罪没入官府做奴婢的女子。　5. 诏除：下诏书废除（肉刑）。

【解读】

这首诗讲的是西汉孝女缇萦为父赎罪的故事。载于《史记·孝文本纪》。

缇萦的父亲淳于意，曾任太仓令，是当时著名的医学家。淳于意医术高超，而且气节高尚，常为贫苦百姓看病，从不阿附权贵。当时，有许多地方官吏甚至朝廷官员邀请他留在身边为自己服务，都被他一一拒绝了，因此得罪了许多人。汉文帝四年，有人上书弹劾淳于意，于是朝廷下令将他逮捕入狱，判了肉刑。

命令下达之后，淳于意的小女儿缇萦为了使父亲免于刑罚，就上书汉文帝，愿意卖身为奴替父赎罪。她写道："我父亲为官清廉公正，颇受好评。现在犯了王法，应当受到惩罚，但死者不可复生，受到肉刑的肢体不可复原。纵使犯法之人日后想要悔过自新，也已经是不可能的事情了。我愿卖身为奴，以赎父亲的罪过。"文帝看了缇萦的上书，很受感动，就同意了她的请求，并且在当年就下诏废除了肉刑。

缇萦的故事在后世影响很大，许多文人墨客纷纷写诗来赞美她卖身救父的孝行。班固《咏史》有诗赞曰："百男何愦愦，不如一缇萦。"曹植《精微篇》云："汉文感其义，肉刑法用除。"大诗人李白亦作有《东海有勇妇》，其中提到缇萦："淳于免诏狱，汉主为缇萦。津妾一棹歌，脱父于严刑。"

中国古代多重男轻女，把振兴家族的希望寄托在男孩身上，对女孩的关注太少。殊不知，女子对父母、宗族的感情之深厚丝毫不亚于男子，如果能像男子那样受到教育和培养，同样可以对家庭、社会做出重要的贡献。

第九十六 宛陵[1]女子

序：母夜为猛兽[2]所取[3]，女攀母持[4]，兽毛尽落，置[5]其母去。

诗：异哉一女子，独抱母啼号。非但脱虎口，还能落兽毛。

【注释】

1. 宛陵：地名。 2. 猛兽：这里指猛虎。 3. 取：叼，咬。
4. 持，紧紧揪住猛虎。 5. 置：放置，扔下。

【解读】

这首诗讲的是宛陵女子从虎口救母的故事，事迹见《梁书·孝行传》。

宛陵女子，姓字不详。她家中贫寒，与母亲相依为命。一天夜晚，她与母亲正在睡觉，突然有一只猛虎闯入房中，叼起她母亲便走。女子大急，不顾一切扑到老虎背上，一边死死揪住虎皮，一边拼命捶打，并大声呼救，与猛虎纠缠十余里。最后猛虎把这女子的母亲扔到地上，跳进林中逃走了。女子急忙爬过去扶起母亲，母亲尚有呼吸，但究竟被猛虎所伤，加上一路颠簸，流血过多，不多时还是去世了。女子抱住母亲尸体，号啕大哭，引来附近村民围观，大家见一路上都是猛虎脱落的虎毛。当地太守听说了这件事，很受感动，就为女子上表朝廷，在她家门前树立牌坊，以嘉奖她为了救母而不惧猛虎的孝行。

自古以来，毒虫猛兽都是人们生存的一大威胁。“拳打南山猛虎，脚踢北海蛟龙”，是人们对男子豪壮之行的赞美。很少有人会想到，一个弱女子居然会有勇气与猛虎搏斗。在一般人的印象中，女子遇到危险，大都只会惊慌失措、抱头哭喊而已。宛陵女子，虽然无名无姓，却在史书上留下了重重的一笔。在母亲危难之际，宛陵女子以柔弱之躯，同猛虎相搏，最终迫使猛虎逃遁，虽然未能挽回母亲的性命，但此行此胆，足令须眉男子汗颜。可见，持有孝心不仅可以增进人的道德修养，亦能培养人的勇气胆略。

孝心所至，精诚不移，父母之安，重于泰山，纵有毒虫猛兽，又有何惧？

第九十七　木　兰[1]

序：古乐府云："阿爷[2]无大儿[3]，木兰无长兄，愿驰千里马，从此替爷征[4]。"

诗：慎勿悲生女，均之有至情。萦[5]能赎父罪，兰亦替爷征。

【注释】

1. 木兰：即花木兰，北朝民歌《木兰辞》中的巾帼英雄。　2. 阿爷：父亲。　3. 大儿：长子。　4. 征：出征，从军。　5. 萦：指汉代的孝女缇萦。

【解读】

这首诗讲的是北朝女子花木兰替父从军的故事。

在古代的杰出女性中，花木兰可谓是家喻户晓的一位传奇人物。她的家庭是世代承袭的军户，即职业军人家庭。军户的户主及其家属都有无条件充当军差、保家卫国的义务和责任。这一年，朝廷照例征兵，花家榜上有名，应当派出一名男子从军。"阿爷无大儿，木兰无长兄"，木兰的父亲无奈，只得自己参军。木兰看着年迈的父亲，于心不忍，就趁夜里家人都睡着了，偷走了父亲的铠甲和战马，装扮成男子的模样，连夜赶往军营报名入伍。从此，花木兰以女子之身，跟随军队转战千里，前后长达十余年，屡建战功，从一名普通的士兵成长为一名杰出的将领。后来，战事结束，木兰班师回朝，受到了朝廷的嘉奖，但她不愿做官，而是请求解甲归田。得到朝廷准许后，木兰回到了自己的家乡，重新换上女装，继续侍奉自己的父母。

“木兰从军”是我国古代非常著名的故事。花木兰的事迹被后世改编成了小说、戏曲以及影视剧，甚至走出国门，在国际上也引起了众多的关注。在这股“木兰热”的背后，除了传奇的情节之外，最为打动人心的，则是木兰对父亲的至纯孝心。

“谁说女子不如男”，这句豫剧中的经典唱词道出了无数巾帼英雄的心声。木兰一介女子，长期生活在满是男子的军营之中，其遭遇的种种不便与艰辛并非常人所能体会。况且她还能在男性主导的战场之上屡立战功，杀敌无数，其勇力与胆略更非一般男子所能及了。现在提倡的“木兰精神”，首先应指木兰为国奋战的担当精神。木兰替父从军虽然事出无奈，但她入伍之后，并没有苟且偷生，而是奋勇作战，为国杀敌，这就已经超越了一般意义上的孝道，而升华成为国为民的忠义之勇了。

第九十八　郑义宗妻[1]

序：盗夜劫其家，冒刃[2]立姑[3]侧，为贼捽捶[4]几[5]死，竟不去。

诗：抵死[6]侍姑侧，宁知有妾身。若怀白刃顾，尚得谓之人。

【注释】

1. 郑义宗妻：郑义宗，唐代人，其妻卢氏，侍奉婆婆十分孝顺。 2. 冒刃：指不顾危险，面对着盗贼的刀刃（保护着婆婆）。 3. 姑：指卢氏的婆婆，郑义宗之母。 4. 捽捶：殴打。 5. 几：几乎，差点儿。 6. 抵死：至死。

【解读】

这首诗写的是唐代郑义宗的妻子卢氏为了保护婆婆，被贼人打成重伤，依然不放弃的事迹，载于《新唐书·列女传》。

郑义宗的妻子卢氏，为大家闺秀，知书达理，侍奉婆婆十分孝顺。有一天夜里，一伙盗贼闯入其家，家人争相奔逃，唯独郑义宗的母亲年老体衰，逃跑不得，眼看就要被贼人所害。这时，卢氏挺身而出，紧紧护住郑母，甘愿承受贼人的殴打，始终不曾离开半步，几乎被打死。事后，有人问卢氏："难道你不害怕吗？"卢氏答道："人之所以与禽兽不同，就在于心中有仁义。邻里之间有困难尚且要帮助，何况自己的婆婆呢？倘若婆婆有什么不测，我一定不会独自活下去。”郑母听后，感慨道：“我现在知道儿媳的为人了。”

俗话说“家家有本难念的经”，婆媳关系正是这难念的经之一。婆媳之间之所以会出现感情上的隔膜，就在于双方没有血缘关系这个情感纽带。孝道不只是要求子女孝顺自己的亲生父母，还应孝顺岳父岳母和公公婆婆，这一点在古代尤为重要。卢氏能够在关键时刻保护婆婆而甘受贼人殴打，是因为她从仁爱的角度，把婆婆视为自己的亲生母亲。她以柔弱之躯对抗盗贼，甘受捶挞而不避，其贞烈坚强可见一斑。

在中国，婆媳矛盾颇受关注。无论是社会真实案例还是小说、影视等文艺作品，婆媳关系总是能引起人们的热切讨论，成为人们茶余饭后津津乐道的话题。婆媳关系，是一个非常复杂的社会问题。城市生活的紧张节奏，两代人生活习惯与价值观念的不同等，都是造成婆媳关系紧张的原因。如果像卢氏一样，能设身处地，心中有爱，相信家人之间没有破解不了的心结。

第九十九　李孝女[1]

序：安禄山乱，被劫徙[2]他州，闻父亡，从间道[3]奔丧，既至，父已葬，庐墓[4]终身。

诗：奔丧脱贼手，庐墓至终身。此大丈夫事，谁云一妇人。

【注释】

1. 李孝女：李姓孝女，名妙法，唐代人。　2. 劫徙：被安禄山的乱军劫持到其他州郡。　3. 间道：小路。　4. 庐墓：搭草棚为父亲守墓。

【解读】

这首诗讲的是唐代的李姓孝女为父守孝、终身不嫁的故事。事载《新唐书·列女传》。

安史之乱中，李孝女不幸被乱军劫持，被迫远离家乡，流落到了其他州郡。后来，她听说远在家乡的父亲病故了，于是想办法从小路逃走，连夜赶往家乡。等她回到家乡时，父亲已经下葬了。李孝女恸哭不已，长久地伏在父亲墓前不愿起身。后来，她在墓地附近搭建了草棚居住，在此终其一生为父亲守孝。

乱世之际，礼崩乐坏，纲纪废弛，人人以活命为上。像李孝女这种贞烈女子，能在乱世中不苟且偷生，惦念父亲，始终把孝义放在心头，其立身处世，足以令男子汗颜。

第一百　休屠[1]王子金日磾[2]

序：降汉，牧马甘泉宫[3]，见母像泣拜。后受遗诏[4]辅政。

诗：牧马一胡儿，如何却受遗，多因汉宫里，泣拜画阏氏[5]。

【注释】

1. 休屠：秦汉时匈奴的部族之一，首领称休屠王。　2. 金日磾（mì dī）：字翁叔，匈奴休屠王的王子。　3. 甘泉宫：汉代仅次于长安城未央宫的重要活动场所。　4. 遗诏：这里指汉武帝的遗诏。　5. 阏氏（yān zhī）：匈奴皇后。

【解读】

这首诗讲的是汉代匈奴王子金日磾见母亲的画像哭泣跪拜的故事。事载《汉书·霍光金日磾传》。

金日磾，是匈奴休屠部的王子。汉武帝元狩年间，骠骑将军霍去病率军袭击匈奴右部，斩敌数万，并俘获了匈奴休屠王的祭天金人。匈奴单于大怒，传召休屠王、浑邪王到帐下问话，实际上是想借机除掉二人。浑邪王唯恐被杀，便联合休屠王谋反。休屠王起初答应了一同造反，但到发难前却反悔了。浑邪王害怕事情败露，就袭击了休屠部，杀了休屠王，并吞并了他的部众，然后率领浑邪部归降了汉朝。当时金日磾年仅十四岁，眼见父亲被杀，无力反抗，同母亲、弟弟一道，被浑邪王裹挟着一同归降了汉朝。

降汉后，金日磾沦为宫奴，被安排在甘泉宫养马。有一次，汉武帝巡幸甘泉宫，想看一看宫内的御马养得如何，就传令马奴们将马匹牵来，依次从殿下经过，以便观赏。当时武帝两侧站满了侍奉的嫔妃宫女，个个国色天香，牵马的宫奴无不侧目偷看，唯独金日磾目不斜视。

武帝见了，暗暗称奇。他见金日磾身高八尺，相貌威严，与其他奴隶大有不同，就问身边宫人，才知是归降的休屠王子。武帝便传金日磾上殿，询问他的出身，金日磾一一据实回答。武帝见金日磾虽为奴仆，但对答如流，从容不迫，颇有气概，心中不禁起了爱才之意。于是，武帝下旨免除了金日磾的奴隶身份，赏赐温泉沐浴更衣，提拔他为马监，负责甘泉宫养马事宜。后来，金日磾又接连升任侍中、驸马都尉、光禄大夫，日益受到武帝的信任和重用。

金日磾的母亲对两个儿子管教十分严格，汉武帝对她也很敬重。她去世后，武帝命人将她的画像悬挂在甘泉宫内，金日磾每天都要到画像前祭拜一番，方才离去。武帝见金日磾仁孝，更加信任他。武帝临终时，特命金日磾与霍光一起，担任辅佐太子的重臣。

睿王子金日